Ullstein

ÜBER DAS BUCH:

Eigentlich wollte Marcus Aurelius Farrow schon längst aus der Sektion, einer Spezialeinheit des britischen Geheimdienstes, ausgeschieden sein, doch sein verhaßter Partner Charles McGowan läßt ihn nicht aus den Klauen. Ungebeten nistet er sich sogar mit einem weiteren Helfer in Farrows Haus ein, denn direkt vor dessen Tür wurde ein Agent des Bundesnachrichtendienstes ermordet. Natürlich wittert die Sektion Unrat, zumal in Menwith Hill, nur einen Steinwurf weiter, eine Radarstation steht. Kurzerhand wird Farrow wieder zum Dienst fürs Vaterland gepreßt.

DER AUTOR:

Angus Ross, 1927 im englischen Yorkshire geboren, arbeitete zwölf Jahre lang als Journalist an der Fleet Street, bevor er sich als Schriftsteller selbständig machte. Während seiner Zeitungsarbeit, so sagt er, habe er begriffen, daß politische Verbrechen keineswegs nur in den Hauptstädten dieser Welt vorkommen. Angus Ross' Romane spielen denn auch auf vermeintlichen Nebenschauplätzen wie Aberdeen, Leeds, Amsterdam oder Hamburg. Und sie zeigen, daß auch scheinbar banale Vorkommnisse einen ernsten Hintergrund haben. Vor allem aber sind sie unterhaltsam, spannend und mit einer kräftigen Portion besten britischen Humors gewürzt.

Angus Ross

Heimspiel in Yorkshire

Aus dem Englischen von
Dörte und Frieder Middelhauve

Ullstein

Kriminalroman
Ullstein Buch Nr. 10719
im Verlag Ullstein GmbH,
Frankfurt/M – Berlin
Titel der englischen
Originalausgabe:
The Menwith Tangle

Deutsche Erstausgabe

Umschlagentwurf:
Theodor Bayer-Eynck
Illustration:
Stefan Wolf

Printed in Germany 1992
Gesamtherstellung:
Ebner Ulm
ISBN 3 548 10719 2

Januar 1993
Gedruckt auf Papier
mit chlorfrei
gebleichtem Zellstoff

Vom selben Autor
in der Reihe
der Ullstein Bücher:

Die Manchester-Connection (10555)
Der Job in Huddersfield (10561)
Geschäfte in Bradford (10621)
Austausch in Amsterdam (10631)
Fiasko in Leeds (10653)
Einsatz in Edinburgh (10666)
Anschlag auf Ampurias (10675)
Aufregung in Aberdeen (10685)
Ein Kontrakt in Burgos (10693)
Ein Drama in Congleton (10705)
Hasard in Hamburg (10709)

Die Deutsche Bibliothek –
CIP-Einheitsaufnahme

Ross, Angus:
Heimspiel in Yorkshire / Angus Ross.
Aus dem Engl. von Dörte und Frieder
Middelhauve. – Dt. Erstausg. –
Frankfurt/M; Berlin: Ullstein, 1992
(Ullstein-Buch; Nr. 10719:
Kriminalroman)
ISBN 3-548-10719-2
NE: GT

Dieses Buch ist Ewa Neden gewidmet,
in Liebe und Dankbarkeit

Dienstag

Einen langen trostlosen Tag hatte ich auf das Klingeln des Telefons gewartet, und mein erster Gedanke, als ich das Büro verließ, galt einem beruhigenden Glas Bier. Zwei Halbe später erinnerte mich mein Magen daran, daß ich nicht zu Mittag gegessen hatte. Ich überprüfte meine Brieftasche und beschloß, mir noch etwas zu genehmigen, bevor ich nach Hause auf meine einsame Couch zurückkehrte. Das Chop House blinzelte mir mit seinen Neonaugen zu, aber die Vernunft behielt die Oberhand, und ich begnügte mich mit etwas, das meine Kasse weniger belasten würde. Das war eigentlich die falsche Art Sparsamkeit, denn chinesische Mahlzeiten sind wie japanische Frauen: Eine halbe Stunde nachdem man eine gehabt hat, hat man schon Appetit auf die nächste.

Hinterher hielt ich noch kurz auf ein Bier beim Spinners Arms, damit sich die Bambussprossen setzten, und als ich nach Hause kam, war es dunkel und angenehm. Als ich die Auffahrt hochfuhr, hörten die Hunde den Wagen und fingen wie wahnsinnig an zu bellen. Weniger ein Willkommenschor als vielmehr Protestgeheul, weil sie nicht ihre gewohnte Sieben-Uhr-Mahlzeit bekommen hatten. Wenn es ums Fressen geht, sind Labradors so. Ich fuhr ums Haus, stellte den Wagen hinten in die alte Scheune und ging durch die Küchentür rein. Mrs. Tidy, meine alte, aber unermüdliche Putzfrau, hatte die Hunde in der Küche eingeschlossen, denn wenn man sie im Haus rumlaufen ließ, machten sie es sich auf dem Wohnzimmersofa bequem und hinterließen so viele Haare auf dem Samt, daß man damit die Polster noch mal stopfen könnte. Das heißt natürlich, daß man nichts im entferntesten Eßbares in der Küche herumliegen lassen durfte, aber man kann nicht alles haben.

Sobald ich über die Schwelle trat, sprangen sie mich an. Ich führte das auf ihren Bärenhunger zurück und ging sofort daran, ihre Näpfe fertigzumachen. Ich nahm mir nicht mal Zeit, meinen Mantel auszuziehen. Das Dosenöffnen und Futtermischen beendet das Wutgeheul normalerweise, und sie fangen an zu sabbern, aber dieses Mal wäre Pavlov widerlegt worden. Sie wetteiferten im Lärmen, sprangen hoch und rannten immer wieder zur Flurtür und zurück. »Ist ja gut!« schrie ich sie an. »Man könnte meinen, ihr wärt halb verhungert!« Erst als die Schüsseln auf dem Boden standen, gaben sie Ruhe. Ich ließ sie, gefräßig mit ihrem Hammelfleisch beschäftigt, zurück und ging ins Arbeitszimmer zum Eckschrank.

Und dann begriff ich; denn da war er. Er saß schweigend im Dunkeln und wartete auf mein Erscheinen. Als ich die Stehlampe anknipste, schaute er zu mir herüber. Seine Augen waren wegen der reflektierenden randlosen Brille nicht zu sehen. Mein Unterbewußtsein muß auf ihn vorbereitet gewesen sein, denn seine Anwesenheit erschreckte mich nicht besonders. Ich zog den Mantel aus und warf ihn über die Sofalehne.

»Wo waren Sie bloß so lange?« sagte er.

»Geschäfte, Charlie«, sagte ich. »Haben Sie's bequem?«

»Was?«

»Sie sitzen im Chefsessel.«

Ich fragte ihn nicht, wie er hereingekommen war, denn das wäre eine dämliche Frage gewesen. Ich ging an ihm vorbei, dorthin, wo die Flaschen waren, und schüttete mir ungefähr die Hälfte vom restlichen Vorrat in ein Glas. Es war zwecklos, ihn zum Mittrinken einzuladen. Charlie war nur für Tee oder Wasser zu haben, den Tee heiß mit Zucker und das Wasser nur aus einem ganz sauberen Glas. Zu besonderen Gelegenheiten nahm er einen kleinen Bitter Lemon ohne Eis zu sich. Er sah zu, wie ich den ersten Schluck Malt genoß, und nickte.

»Immer noch beim Gift, wie ich sehe.«

»Es wirkt langsam, Charlie«, sagte ich. »Wer weiß, vielleicht überleb ich sogar Sie.«

»Das möcht ich sehen. Irgendwas zu futtern da?«

»Himmel«, sagte ich, »was glauben Sie, was das hier ist? Wie lange sind Sie eigentlich schon hier?«

»Lange genug.«

»Warum haben Sie dann nicht unterwegs einen Happen gegessen?«

Schon wieder eine dämliche Frage. Charlie haßte es, sich von Geld zu trennen, sogar dann, wenn die Sektion zahlte.

»Was haben Sie im Haus?« erkundigte er sich.

Ich würde nicht so blöd sein und anfangen, noch etwas zu braten. Ihm war sowieso egal, was er aß. Er betrachtete die Nahrungsaufnahme als ein notwendiges, aber zeitraubendes Übel. Ich hatte schon immer gedacht, daß er mit den ganzen netten kleinen Proteinpillen einen fabelhaften Astronauten abgegeben hätte. Ich ließ mir mit der Antwort Zeit und nahm noch einen Schluck Malt.

»Bißchen Brot und Käse vielleicht.«

»Das reicht«, sagte er, »und machen Sie eine Kanne Tee, wenn Sie schon mal dabei sind.«

»Ich bin noch nicht dabei«, sagte ich.

In stummer Auflehnung – so hatten wir das bei der Marine genannt – ließ ich mich im zweitbesten Sessel nieder.

»Machen Sie schon«, sagte er. »Wir haben nicht viel Zeit.«

Ich deutete mit dem Glas auf ihn.

»Hören Sie zu, Charlie«, sagte ich, »fangen Sie nicht schon wieder mit der alten Leier an.«

»Alte Leier, Quatsch«, erwiderte er. »Falls Sie es noch nicht mitgekriegt haben sollten, wir haben einen Job zu erledigen.«

»Einspruch«, sagte ich. »*Sie* haben einen Job zu erledigen.«

Er seufzte und betrachtete seine Fingernägel, die, das wußte ich nur zu gut, aussehen würden wie gerade von einem wahren Könner seines Fachs manikürt, Nagelhaut und alles Drum und Dran inbegriffen. Zufrieden rückte er die messerscharfen Bügelfalten seiner Sergehosen zurecht, so daß sie genau über der Mitte der Kniescheibe verliefen. Dabei fegte er imaginäre Flusen beiseite. Dann strich er sich durch die spärlichen, hellen Locken seines allmählich schütter werdenden Haars und überprüfte seinen Krawattenknoten. Ich beobachtete das altvertraute Ritual und wartete. Er seufzte wieder. »Hören Sie zu, Farrow. Ersparen Sie mir Ihr Geschwafel.«

»Ich erspare Ihnen gar nichts«, erwiderte ich. »Ich hab's Ihnen gesagt, Charlie, nicht wahr?«

»Mein Gott, sind Sie pathetisch«, sagte er. »Was ist mit dem Essen?«

»Vergessen Sie es«, entgegnete ich, »lassen Sie mich nur eins klarstellen. Was Sie auch immer vorhaben, es interessiert mich nicht, verstanden?«

»Nein«, meinte er, »ganz und gar nicht.«

Mein Zorn wuchs. »Das ist mir scheißegal. Lassen Sie mich aus dem Spiel. Ich habe ein Geschäft zu führen.«

»Ein Geschäft? Was denn für ein Geschäft?«

Kein spöttisches Grinsen, keine Änderung im Ausdruck, denn er zeigte meistens so viel Gefühl wie der sprichwörtlich unergründliche Orientale. Wie der *tote* sprichwörtliche Orientale. Und natürlich wußte er genau, wie viele – oder eher wie wenige – Aufträge ich gerade in meinen Büchern zu verzeichnen hatte. Und außerdem wußte er, daß ich wußte, daß er es wußte. Ich versuchte also das Thema zu wechseln in der schwachen Hoffnung, daß wenigstens dieses eine Mal Angriff die beste Verteidigung sei. Also stand ich auf und ging zur Tür. »Also gut«, sagte ich, »ich bringe Ihnen jetzt ein schönes Stück Käse und einen Becher heißen Tee. Danach fahr ich Sie nach Harrogate. Und wenn von dort aus kein Zug mehr fährt, bringe ich Sie nach Leeds.«

»Geben Sie's endlich auf, verdammt.«

Er folgte mir in die Küche, und die Hunde kamen sofort angelaufen, um an seinen Beinen zu schnuppern.

»Weg da. Verschwindet«, sagte er.

»Passen Sie auf, Charlie, sonst haben sie Sie.«

Tatsache war, daß das einzige Schicksal, das er erleiden würde, das wäre, zu Tode geleckt zu werden – ohne daß ich Gerüchte in die Welt setzen will. Ich schickte sie weg, bevor er das herausfand. »Ab ins Körbchen, Jungs. Bleibt von dem armen Kerl weg.« Sie merkten, daß sie nicht erwünscht waren, und zogen sich auf ihre Matten zurück. Dabei wirkten sie ehrlich gekränkt. Charlie zog eines der zahlreichen weißen Taschentücher hervor, die er mit sich herumtrug, und wischte damit über seine Hose.

»Sabbernde Ferkel!« knurrte er. Ich überhörte das, und er setzte sich rittlings auf eine der Bänke an meinem großen Küchentisch und sah zu, wie ich den Teekessel füllte. Während ich im Kühlschrank nach Käse stöberte, fuhr er fort. »Hören Sie, Sie wissen doch von der gewaltigen Artillerie, die die anderen auf uns gerichtet haben?«

Ich fand etwas Käse und holte noch einen Brotlaib.

»Natürlich. Was ist damit?«

»Was ist wohl in Großbritannien deren Hauptzielscheibe?«

»Ich habe mich zur Ruhe gesetzt, Charlie. Woher soll ich das wissen?«

»Sie wissen es verdammt gut!« sagte er.

»Oh? Und wieso das?«

»Sie sitzen doch drauf.«

»Auf was?«

»Auf Menwith Hill.«

»Dann ist ja alles in Ordnung.«

»Was zum Teufel ist denn daran in Ordnung?«

Ich grinste ihn an, während ich Brote schmierte.

»Wenn der große Knall kommt, werde ich nicht das geringste spüren. Der einzig richtige Abgang.«

Diese Art von Unterhaltung hatte er noch nie gemocht. Seine Nasenflügel wurden weiß. »Ihr Problem ist, Farrow, daß Sie schon immer verdammt viel schlauer waren, als gut für Sie ist.«

»Wäre, Charlie«, sagte ich. »Als gut für mich wäre. Das ist Konjunktiv.«

»Scheiß auf den Konjunktiv.«

»Sehen Sie, was ich meine?« sagte ich. »Sie sind zu einer intelligenten Konversation nicht fähig.«

»Schon gut, Sie Arsch«, sagte er, »die Sektion braucht einen Kerl, der sich hier auskennt, und Sie haben das Los gezogen. Sie sind noch was schuldig.«

Das Teewasser kochte, und ich drehte mich weg, um es über den Tee zu gießen. »Ich schulde euch gar nichts«, sagte ich. Ich legte sein Sandwich auf einen Teller und schob es ihm hin. »Und da wir gerade davon sprechen, wer wem etwas schuldet – wann läuft denn endlich mal meine Pension?«

»Pension?«

»Ja, Sie wissen schon. Die, die man mir versprochen hat.«

»Ach, die«, sagte er. »Immer mit der Ruhe, die ist unterwegs.«

Ich goß ihm einen Becher Tee ein. »Unterwegs wohin – nach Sibirien?«

»Solche Dinge brauchen Zeit«, erwiderte er. Er kaute das wunderbare selbstgemachte Brot von Mrs. Tidy ohne Anzeichen von Wertschätzung. »Wie auch immer, ich werde mal mit dem Boß reden.«

»Gut«, erwiderte ich, »das Telefon steht im Flur. Reden Sie jetzt mit ihm.«

»Mach ich, Farrow«, sagte er, »mach ich, sobald wir diese Menwith-Sache geregelt haben.«

»Wissen Sie was, Charlie?« sagte ich. »Ich wußte genau, daß Sie das sagen würden.«

»Also was ist nun?«

»Habe ich eine Wahl?«

»Nein, eigentlich nicht.«

»Genau da irren Sie sich nämlich, Kumpel«, sagte ich. »Die können ihre lausige Pension behalten.«

Er schlürfte aus dem dampfenden Becher, tupfte die Lippen mit einem anderen seiner makellosen Taschentücher und schüttelte den Kopf, ohne zu mir hochzuschauen. Ich ging aus der Küche und kippte den letzten Schluck Whisky hinunter, den ich mir eigentlich als Schlummertrunk hatte aufsparen wollen. Als ich zurückkam, goß er sich gerade den restlichen Tee ein. Er sah mich ausdruckslos an und rührte den Zucker um.

»Fühlen Sie sich jetzt besser?« fragte er.

»Machen Sie sich um mich keine Sorgen.«

»Oh, das tu ich aber«, sagte er. »Sie haben viel zu tun, oder?«

»Ich hab ein paar Eisen im Feuer.«

Ich hätte fast geschworen, daß seine Lippen zuckten, er hätte beinahe gelächelt. »Was ist, wenn dieses Feuer plötzlich ausgeht – was dann?«

»Versuchen Sie mir zu drohen, Charlie?«

»Gibt es hier eine anständige Toilette?«

»Warum?«

»Bei Ihrem Gequatsche wird mir langsam übel.«

Er stand auf und ging zur Tür. Ich wußte, daß er den Weg kannte, weil er alles hier finden würde, sogar den Manschettenknopf, den ich voriges Jahr verloren hatte. Ich folgte ihm und ging, die Hunde dicht auf meinen Fersen, ins Arbeitszimmer. Sie waren ungewöhnlich ruhig und eingeschüchtert. Sie hatten Charlies Witterung, ganz klar. Und Charlie hatte meine, da bestand kein Zweifel. Er ließ mir nur eine ruhige Minute, um mir darüber klar zu werden. Er hätte sich nicht die Mühe machen müssen. Nur – ich haßte es, mir das eingestehen zu müssen. Sie hatten mich. Wenn der Boß beschließen sollte, mir meine Ein-Mann-Firma kaputtzumachen . . .

Weit weg hörte man das Wasser der Toilettenspülung rauschen, und ein paar Minuten später, nachdem er seine Hände einer intensiven Reinigung unterzogen hatte, war Charlie wieder bei mir. Tonlos vor sich hin summend nahm er sich den zweitbesten Stuhl, und als er seine Garderobe zurechtgerückt hatte, blickte er auf.

»Nun?«

Ich machte einen letzten, kläglichen Versuch. »Sehen wir den Tatsachen ins Auge, Charlie«, begann ich. »Ich kann es einfach nicht mehr.«

»Ach, Sie armer alter Knochen.«

»Ich meine, solange man jung ist, kann man Dummheiten machen, aber ich werde langsam älter.«

»Hören Sie auf, den Weichling zu spielen.«

»Ich *höre* auf«, sagte ich. »Sie sind allein.«

»Wollen wir wetten?«

Ich hätte keinen rostigen Penny darauf gewettet.

»O Gott, vergiß es«, wehrte ich ab. »Wir machen die Hunde nervös.«

Das stimmte. Wenn ich aufgeregt bin, sind sie es auch. Im Moment lagen sie bäuchlings Seite an Seite auf dem Kaminvorleger, die Schnauze auf den ausgestreckten Pfoten, und warfen mir mit zuckenden Brauen verstohlene Blicke zu. Charlie sah auf sie herab. »Das ist hier ja wie im Zoo.«

»Charlie, ich denke, Sie lieben alle Geschöpfe Gottes!«

»Ach, da wir gerade von Gottes Geschöpfen sprechen«, sagte er, »Ihr alter Freund, der Grieche, ist in der Stadt.«

»Der Grieche? Welcher Grieche?« fragte ich. Dann dämmerte es mir. »Nicht etwa Yannedis!«

»Nein«, sagte er, »der verdammte Prinz Konstantin. Wie viele griechische Freunde haben Sie denn eigentlich, um Himmels willen?«

»Schon klar«, sagte ich, »aber jedenfalls ist Yannedis kein Grieche. Wir haben ihn eingebürgert, erinnern Sie sich?«

»Er ist immer noch ein schmieriger Sardinenfresser. Wenn eine Ratte in einem Stall lebt, ist sie deshalb noch lange kein Pferd.«

»Sie sind nicht gerade besonders originell, Charlie.«

»Ich bin so, wie es mir paßt«, erwiderte er. »Jedenfalls hält er sich im Hotel Majestic auf, Suite Nummer 307.«

»Besonders bescheiden war er noch nie«, stellte ich fest, »er wußte immer schon das Leben zu genießen.«

Ich hatte Yannedis seit fast zehn Jahren nicht mehr gesehen, seit der Sache damals in Edinburgh. Ein paar Jahre zuvor, als ich mich in einer Ein-Mann-Mission in London aufgehalten hatte, hatte er mir mal meine Haut gerettet. Irgendwie mochte ich ihn. Wenn unsere Arbeit nicht diesen ungeselligen Touch hätte, wären wir vielleicht sogar Freunde geworden. Aber für Leute wie Charlie verkörperte der Grieche den Typ des ewigen bête noir, des erfolgreichen, freiberuflichen Doppelagenten. Ohne Zweifel zog er es vor, für unsere Seite zu arbeiten, aber er war ein Mann, der eine Menge Geld verdienen und ausgeben mußte, und er fischte in mehreren Teichen. Er war stark, klug und zäh, und obwohl er immer schwor, daß er nie einen Auftrag annehmen würde, der seinem neuen Vaterland schaden würde, hatte Charlie ihm nie getraut. Andererseits traute Charlie nur sehr wenigen Leuten. Manchmal fragte ich mich, ob er überhaupt mir traute.

»Wissen wir, was er dort treibt?« Kaum hörte ich mich dieses »wir« aussprechen, wußte ich, daß es ein Freudscher Versprecher gewesen war.

»Nein, noch nicht«, sagte Charlie.

»Ich denke, wir werden es rauskriegen, oder?«

»Nicht wir – Sie«, sagte er. »Schaffen Sie Ihren Hintern dorthin und setzen Sie sich auf den Bastard.«

»Einfach so«, sagte ich, »draufsetzen.«

»Aber so, daß er nach Luft schnappt«, sagte er. Dann: »Was ist los mit Ihnen, wollen Sie, daß ich mitkomme und Händchen halte?«

Ich hielt ihm seine eigenen Worte entgegen. »Das möchte ich sehen.«

»Also dann, los gehts.«

»Wie – Sie meinen, jetzt gleich?«

Er würdigte mich keiner Antwort, sondern starrte mich nur an. Ich erhob mich und schlürfte den Rest meines Whiskys und ging zur Tür. Ich wußte, daß mir Sarkasmus nichts einbringen würde, aber ich wußte auch, daß er sich darüber ärgerte. »Darf ich vorher noch kurz nach oben?« fragte ich.

»Warum? Wozu?« fragte er.

»Die gute alte Heizdecke einschalten.«

»Ach du meine Güte«, sagte er.

Das Landhaus, früher ein typisches altes Yorkshire-Farmhaus, war für meine Bedürfnisse viel zu groß. Das wußte ich schon, als ich es kaufte, aber ich wollte es haben und kümmerte mich einen Dreck drum. Es hatte drei schöne große Zimmer, von denen ich eins gerade mit Bücherregalen ausgestattet hatte, um es später mal als Arbeitszimmer zu benutzen. Vorerst war nichts darin außer Bücherstapeln, einer provisorischen Werkbank, Pinienholzbrettern und massenhaft Sägespänen.

Das Schlafzimmer, das, durch das Badezimmer getrennt, neben meinem eigenen lag, war ziemlich vollständig eingerichtet und wartete auf den ersten Gast, der über Nacht bleiben würde. Das heißt, bis jetzt. Charlies zweiter Anzug hing ordentlich im Kleiderschrank, und die zigfache Wäsche zum Wechseln, ohne die er sich nie von der Stelle bewegte, war peinlich genau in die tiefen, breiten Schubladen des Mahagonischrankes eingeordnet. In seinen schwarzen Schuhen, die an der Spitze verstärkt waren, steckten Schuhspanner, und zusammen mit dem Schuhputzset, das in ein Tuch eingewickelt war, war alles hübsch ordentlich ausgerichtet. Der Morgenmantel von Tootal und der Pyjama von Marks & Spencer waren auf der Tagesdecke nicht einfach hingeworfen, sondern fein säuberlich ausgebreitet, und die Spitzen der Hausschuhe von Morelands lugten kokett unter dem Bett hervor. Charlie war regelrecht eingezogen. Nicht, daß ich das nicht erwartet hätte, aber es ärgerte mich trotzdem. Als ich hinunterstürzte, sah er seelenruhig auf.

»Sie sind immer noch da?« sagte er.

»Sie haben vielleicht Nerven!«

»Wieso? Was ist denn jetzt schon wieder los?« fragte er.

»Hier einzuziehen, ohne auch nur zu fragen!«

»Hören Sie schon auf – wo sollte ich denn sonst wohnen?«

»Jetzt hören Sie mal –«

»Noch was anderes«, fuhr er fort, »der junge McKenzie hilft uns aus, der braucht also auch eine Koje.«

»Oh, das ist kein Problem«, tönte ich, »Jock kann mein Bett haben. Ich schlafe dann eben einfach bei den Hunden.«

»Nein, nein«, wehrte er ab, »das ist nicht nötig. Er kann sich aufs Sofa hauen.«

»Vielen Dank, Charlie, das ist wirklich nett von Ihnen«, sagte ich.

»Im Moment beobachtet er Yannedis.«

»Tut er das?« fragte ich.

Ich zog mir umständlich meinen Mantel an. Teils, um meine moralische Niederlage zu verbergen, aber auch, um einen plötzlichen Schauder von déjà vu abzuwenden. Ich wurde von derselben, längst vergessen geglaubten, unheimlichen Ruhe heimgesucht wie damals, als wir den Auftrag hatten, bei einem schlimmen Seegang mit irrsinnig hohen Wellen eine eigentlich unmögliche Landung auf dem Deck eines winzigen Flugzeugträgers durchzuführen. Charlie sah auf seine Uhr, während ich mir den Mantel zuknöpfte, und ich tat automatisch das gleiche. Es war gerade zwanzig nach neun durch.

»Machen Sie sich auf die Socken«, sagte er. »McKenzie hat vor fast einer Stunde angerufen. Der Grieche sitzt in einem Lokal namens Number Six und stopft sich den gierigen Rachen voll.«

»Was ist, wenn er nicht ausspuckt?«

»Sie müssen ihn eben dazu bringen.«

»Schon, aber –«

»Ach, setzen Sie sich endlich in Bewegung, Farrow! Er wird's ausspucken. Er ist reif.«

»Das gilt für uns alle«, stellte ich fest.

Das Hotel Majestic ist eines der ältesten und schönsten von Harrogate und gründet seinen Ruhm hauptsächlich darauf, daß sich Agatha Christie – aus Gründen, die nur sie selbst kennt – diesen Ort als Schlupfloch aussuchte, um vor dem Druck des literarischen Erfolgs zu fliehen und sich zu verstekken. Der verwaschen rote Backsteinbau steht vierstöckig und riesig auf einem Hügel über der Royal Hall und dem Kurhaus. Schön war er eigentlich nicht. Ich bog von der Ripon Road links ab, fast direkt hinter dem Haus Nr. 6 dieser Durchgangsstraße, wo Yannedis sich wohl immer noch den Bauch vollschlug, und fädelte den alten Jaguar durch die enge Hoteleinfahrt. Der große, dunkle Parkplatz war schon ziemlich voll, und ich vermutete, daß gerade irgendeine Messe stattfand. Zur Zeit findet in Harrogate praktisch ständig eine statt.

Mein Vordringen durch die Hotelhalle und in den dritten Stock wurde von niemandem behindert, und aufs neue erstaunte mich der völlige Mangel an Sicherheitsvorkehrungen in britischen Hotels. Jeder kleine New Yorker Einbrecher hätte hier ein ausgezeichnetes tägliches Betätigungsfeld. Ich klopfte an die Tür von Suite 307, bekam keine Antwort und ging hinein. Das Schloß war ein Kinderspiel.

Yannedis hatte, verschwenderisch wie immer, sämtliche Lichter brennen lassen. Ich ging erst mal durch alle Zimmer, um mir einen Überblick zu verschaffen, dann prüfte ich genauer. Ich brauchte nur ein paar Minuten, um beide zu finden. Damit will ich nicht sagen, daß ich besonders schlau oder Yannedis besonders dumm war. Er hatte sie leicht auffindbar untergebracht, und jeder, der genügend Interesse daran gehabt hätte, sie zu finden, hätte sie sowieso gefunden, wo auch immer man sie versteckt hätte. Der Grieche schwor auf Beretta, eine Eigenart, die ich nie verstehen würde. Jemand, der täglich mit Waffen umgehen muß, würde ebensowenig eine automatische Pistole wählen wie ein Teekenner Teebeutel aus dem Supermarkt. Automatische Waffen neigen zum Blockieren, eine Unart, die bekanntermaßen immer in solchen Situationen auftritt, in denen sich jede Fehlfunktion als äußerst peinlich, wenn nicht gar fatal erweisen kann. Revolver dagegen blockieren nie. Aber sie verursachen große Wölbungen und können deshalb leicht den Sitz eines 300-Guinee-Anzugs verderben. Und das war vermutlich der Grund, warum der flotte Grieche dieses Risiko einging. Ich hingegen war mit der guten alten 357er Smith & Wesson Magnum zufrieden. Zur Hölle mit dem guten Aussehen.

Mein erster Fund, eine hübsche kleine Minx vom Kaliber 25, steckte statt des elektrischen Rasierapparats in einem kleinen, ledernen Futteral, das im unmittelbaren Blickfeld auf der Badezimmeretagere lag. Für den Notfall war der Sicherungshebel umgelegt. Ich ließ sie in die Tasche gleiten.

Die zweite Waffe, unter das Seitenpolster des gobelinbezogenen Sofas geschoben, hatte schon etwas mehr Substanz. Eine weitere Beretta, diesmal eine Neun-Millimeter-Parabellum Brigadier. Eine ziemlich enorme Waffe. Ich steckte das Ding in den Hosenbund und schob meinen Bauch vor, um ihre beruhigende Form zu fühlen.

Im Schlafzimmer fand sich nichts – ja, warum auch? Yannedis würde natürlich die Brigadier nehmen und sie bequem unter ein Kissen schieben, bevor er niederkniete, um sein Nachtgebet zu sprechen.

Nachdem die Suche beendet war, schaute ich auf meine Uhr. Unglaublich, es war immer noch nicht ganz zehn. Ich legte den Regenmantel ab, warf ihn auf eins der Doppelbetten und schlenderte ins Wohnzimmer zurück. Ich konnte mir genausogut die Annehmlichkeiten der Suite zunutze machen. Die Suite verfügte über ein Barschränkchen aus imitiertem Mahagoni, das mit einer Auswahl von Mischgetränken und kleinen Fläschchen ausgestattet war. Ich suchte mir das beste raus, was da war, und machte mir einen J&B Rare halb und halb mit Malvernwasser. Beim Austrinken ließ ich mir Zeit und dachte gerade über einen zweiten Drink nach, als ich seinen Schlüssel im Schloß hörte.

Er hatte noch den alten Elan. Abrupt blieb er hinter der Tür stehen, den Regenmantel halb ausgezogen über dem Ellbogen, und nach dieser ersten Schrecksekunde zeigten seine bleichen, erregten Gesichtszüge nichts als freudige Überraschung.

»Marcus«, sagte er, »das muß fast zehn Jahre her sein!«

»Das ist richtig«, erwiderte ich. »Eine herrliche Zeit.«

Als ich seine dargebotene Hand ignorierte, lachte er, nickte und rieb sich die großen, trockenen Hände. Anders als Charlie, der heute noch aussah wie damals, als wir uns kennengelernt hatten, so daß man fast vermuten konnte, daß er gemalt sei, hatte Yannedis sich verändert. Sein dichter, dunkler Lockenkopf war mit Silberfäden durchzogen, und seine Wangen begannen langsam abzusacken. Mit seiner Taille war es genauso, obwohl viel von dem überschüssigen Fleisch durch die Hülle seines eleganten, perlgrauen Anzugs und der Art, wie er seine mächtige Zweizentnergestalt trug, kunstvoll verdeckt wurde. Nur die Augen waren immer noch jung; schwarz und leuchtend wie zwei feuchte Oliven unter dem Vorsprung seiner buschigen Augenbrauen. Wir maßen uns gegenseitig vielleicht fünf Sekunden lang, dann:

»Immer noch der alte Witzbold«, sagte er kichernd. »Sag mal, wie geht es deinem Freund McGowan?«

»Keine Ahnung«, sagte ich.

»Aber was machst du in Harrogate?«

»Ich wohne hier. Wußtest du das nicht?«

»Ich habe gehört, du seist ausgestiegen und wärst irgendwo in den Norden gezogen.«

»Willst du nicht fragen, woher ich weiß, daß du hier bist?«

Sein Grinsen wurde breit. »Ich würde schon fragen, wenn ich dächte, daß du mir antwortest.«

»Dir würde ich nicht mal verraten, wie spät es ist. Und was führt *dich* in diese nördliche Einöde?«

»Ein Urlaub, Marcus, aber hör zu!« Er bewegte sich auf das Schnapslager zu. »Das ist jetzt der Augenblick für einen extragroßen Drink.«

»Vergiß es«, wehrte ich ab. »Vielleicht trinken wir nach einem kleinen Schwätzchen einen zusammen.«

»Wir können doch gleichzeitig trinken und reden, oder?«

»Setz dich, Yannedis«, sagte ich, »du machst mich nervös.«

Er suchte sich das Sofa aus, und zwar die Seite, wo ich die Brigadier entfernt hatte.

Ich zog die Pistole aus dem Hosenbund und legte sie zwischen uns auf den Tisch.

»Damit du nicht danach tasten mußt, Kumpel.«

Lächelnd machte er »hm-hm« und »ts-ts« und schüttelte den Kopf. »Wirklich, Marcus, glaubst du im Ernst –«

»Mach dir keine Gedanken darüber, was ich ernsthaft glaube«, sagte ich, »öffne mir einfach dein Herz und singe.«

Er spreizte seine Hände in einer typischen Yannedis-Geste und krümmte seine schweren Schultern. »Es gibt nichts zu singen«, sagte er. »Harrogate ist ein netter kleiner Kurort. Ich bin wirklich zu einem kleinen Urlaub hier.«

»Kleiner Urlaub, Blödsinn«, entgegnete ich. »Deine Vorstellung von Urlaub ist eher ein Monat am Kap mit einer Puppe in jedem Arm.«

Er seufzte bedauernd. »Ach, die Zeiten sind vorbei, mein Freund.«

»Ich bin nicht dein Freund, und ich warte.«

»Aber Marcus«, er runzelte die Stirn, »ich dachte, du wärst außer Dienst?«

»Du weißt ja, wem man das Denken überlassen soll«, sagte ich. »Außerdem ist das nicht deine Sache, also schütte mir endlich dein Herz aus.«

»Aber wenn ich es dir doch sage, es gibt nichts zu erzählen – ich bin einfach –«

»Sieh mal, Yannedis«, unterbrach ich ihn, »ich verlasse dieses Zimmer nicht, bevor du mir nicht die ganze traurige Geschichte erzählt hast. Ich weiß das, und du weißt das genausogut, also versuch nicht, den Helden zu spielen. Mach's dir leicht und schone dich.«

Sein Blick war so traurig wie der einer Mutter, die ihr verstocktes Kind betrachtet.

»Ach, Marcus Aurelius«, sagte er sehr ruhig, »wo käme ich in diesem Geschäft hin, wenn sich herumspräche, daß eine Drohung allein schon ausgereicht hat?«

»Hör mal«, sagte ich, »es wird nie jemand erfahren.«

»O doch«, entgegnete er, »ich würde es wissen, und du würdest es wissen.«

Ich seufzte und begann, mich auf das Kommende vorzubereiten. »Also, wenn du es so willst . . .«

Ich behielt ihn sorgfältig im Auge, als ich auf die Füße kam, und bemerkte das blitzschnelle Zwinkern in seinen Augen, als er nach der Brigadier schielte. Ich ballte meine Fäuste und ging in Stellung. Er würde drauflosgehen, okay. Berufsstolz, blindes Festhalten am Ethos, der ganze Kinderkram. Ein Aspekt meines Berufes, mit dem ich mich nie ganz würde abfinden können. Aber trotzdem, als er seine Beine anzog und sich vorbeugte, fühlte ich den Adrenalinschub.

Dann, nachdem er sein Gewicht richtig verteilt hatte und zum Angriff bereit war, hielt er plötzlich inne und sah mich an. Immer noch das traurige Lächeln.

»Marcus – Mark – tu mir bitte nur einen Gefallen.«

»Der wäre?«

»Nicht ins Gesicht«, sagte er.

Als ich mich vom Ofen entfernte und mich auf die Bank setzte, immer noch steif und angeschlagen von den beherzten Konterangriffen des Griechen, blinzelte mich der junge McKenzie über den Tisch weg vorwitzig an. Charlie schnitt sorgfältig eine Wurstscheibe ab.

»... hängen wir nicht rum«, sagte er gerade, »wir haben heute viel zu tun.« Bei Charlie hatte man jeden Tag viel zu tun. Vom Aufstehen bis zu dem Augenblick, wo man sich endlich aufs Ohr hauen konnte.

»Ja, davon mal abgesehen«, sagte ich, »als ich aufwachte, war kein heißes Wasser da.«

»Na und?« sagte er. »Seit wann baden Sie denn morgens?«

»Das ist unwichtig«, entgegnete ich und machte mir ein ordentliches Sandwich mit Speck und Mrs. Tidys knusprigem Brot. »Ich rasiere mich nicht mit kaltem Wasser.«

»Dann setzen Sie doch einen Kessel Wasser auf«, schlug Charlie vor.

»Ich denke nicht daran, einen Kessel aufzusetzen.«

»Herrgott, hören Sie auf zu jammern«, stöhnte er. »Rekapitulieren wir noch mal.«

»Wir haben erst gestern abend rekapituliert.«

»Dann rekapitulieren wir eben noch mal«, sagte er. »Sind Sie immer noch sicher, daß er nichts verheimlicht hat?«

»Wollen Sie die blauen Flecken sehen, Charlie?«

»Nicht gerade jetzt«, antwortete er.

»Es paßt doch alles, verdammt. Er ist einen Tag früher hiergekommen, um das Terrain zu sondieren, und heute soll er um halb elf im türkischen Bad diesen Osmond treffen.«

»Und Osmond gehört zweifellos zur Firma.«

»Stimmt, ein Vetter«, sagte ich. »Glauben Sie mir, Chas.«

»Ihnen zu glauben, daß Yannedis alles gesagt hat, fällt mir schon schwer genug.«

»Ganz wie Sie meinen.«

»Jetzt hören Sie mal –«

»Nein, jetzt hören Sie mir zu, Charlie! Ich versuche, endlich was zu futtern zu kriegen.«

»Dann machen Sie schon, verdammt!« sagte er. »McKenzie, überprüfen Sie den Wagen.«

»Moment, Jock«, sagte ich. »Sind Sie fertig mit dem Frühstück?«

»Ja, danke.«

»Gut. Führen Sie die Hunde raus, und achten Sie darauf, daß sie ihr Geschäft machen.«

Als er weg war, die Hunde nur zu froh, mit ihm gehen zu dürfen, starrte mich Charlie an. »Hören Sie, halten Sie sich wenigstens zurück, wenn der Junior dabei ist, okay?«

Das war wirklich nur fair. »Okay«, sagte ich. »Darf ich jetzt weiter frühstücken?«

»Schlagen Sie sich nur die Wampe voll«, erwiderte er, »ich muß ein paar Telefonate erledigen.«

»He, warten Sie mal einen Moment!«

Er blieb an der Tür stehen und drehte sich um. »Was denn noch?«

»Ihre Telefonate kenne ich, mein Lieber. Wer bezahlt die denn?«

»Natürlich die Sektion. Sie reichen einfach einen Antrag ein.«

»Klar, schon verstanden«, sagte ich, »zusammen mit einem halben Dutzend eidesstattlicher Versicherungen und der Rechnung in dreifacher Ausfertigung. Dann, nach langwierigem Briefwechsel –«

»So ist das System, Farrow. Dagegen können Sie nichts machen.«

»Es scheint, als ob ich gegen überhaupt nichts etwas machen könnte«, entgegnete ich.

Ich saß im Dampfbad, nackt und allein, schwitzte wie ein Affe und dachte über Menwith Hill nach. Ich war mir natürlich darüber im klaren, daß der gewaltige Aufbau dort oben auf Blubberhouses Moor dazu gedacht war, die Frühwarnstation an der Küste bei Whitby zu ersetzen, denn diese Station, Fylingdales, war trotz ihrer unglaublichen Raffinesse bereits überholt gewesen, bevor der Bau fertig war. Die Radarkuppeln, die sich wie gigantische Golfbälle über der rauhen Landschaft von North Yorkshire auftürmten, waren der Schauplatz eines unserer frühen Triumphe gewesen. Er war jedoch dadurch getrübt worden, daß das dritte Teammitglied umkam und nicht mehr daran teilhaben konnte. Er hieß Archie Harris, aber wir hatten ihn Jock genannt.

Dieser morbide Gedanke führte geradewegs zu McKenzie und seiner fehlgeschlagenen Berufsplanung. Daß ein junger Mann einer Familie mit derartigem Einfluß sich für diese Art von Leben entschied, war kaum anders als verrückt zu nennen. Obwohl es so einen Fall tatsächlich schon einmal gegeben hatte. Douglas Arthur Montague Rolfe, dessen Großvater mit seinem Schiff vor Jütland untergegangen war und dessen Vater, ein Major bei den Red Devils, nicht aus Arnheim zurückgekehrt war. Rolfe war der letzte in einer langen Ahnenreihe gewesen, deren ununterbrochene Ruhmesgeschichte im Dienst bei den Kämpfen für dieses königliche Eiland bis auf Crecy zurückgeführt werden konnte.

Ich wischte einen Schweißfilm von meiner Brust und dachte – nicht zum ersten Mal – darüber nach, ob der Boß eine neue Nuance hereinbringen wollte. Unsere winzige Sektion – deren oberstes Gesetz war, daß jeder, der unvorsichtig genug war, sich gegen die Firma zu stellen, völlig auf sich allein gestellt war – war, gelinde gesagt, eine ziemlich harte Truppe. Wir operierten in einer Welt, für die »zwielichtig« ein wohlwollender Euphemismus war. Offiziell weder mit DI5 noch mit DI6 verbunden, gab es die Sektion, um die Aufträge auszuführen, die von den beiden anderen als zu geschmacklos oder erniedrigend oder – was ich in diesem Fall vermutete – politisch als zu heißes Eisen empfunden wurde.

Meine Träumereien wurden von einem verschrumpelten Opa mit fleckiger Glatze unterbrochen, der auf bloßen Füßen ins Dampfbad gepatscht kam, mit einer Hand ein Badetuch festhaltend, das er um seine welken Hüften gewickelt hatte. Er hockte sich auf die Marmorbank mir gegenüber und spähte durch die Dampfschwaden, wohl um festzustellen, ob ich einer von seiner tranigen Sorte war. Er nickte, und ich nickte eher unfreiwillig zurück. Er rang noch eine Weile mit sich, dann schob er sich näher und setzte sich neben mich. »Sie sind neu hier, oder?« fragte er.

»Verpiß dich«, sagte ich.

Er hüpfte auf wie von der Tarantel gestochen und trippelte davon, um sich so weit wie möglich von mir weg in die Ecke zu kauern. Ich sah auf die Uhr. Ihr Glas war so beschlagen, daß ich kaum die Zeit erkennen konnte. Ungefähr jetzt müßte Yannedis gerade in Menwith Hill anrufen, um Mr. Osmond zu eröffnen, daß er verhindert sei. Ich setzte darauf, daß Osmond schon auf dem Weg zum Dampfbad und Yannedis, so hoffte ich, damit aus dem Schneider war. Das sanfte Zischen austretenden Dampfs verführte zu weiterem Sinnieren, und ich dachte über Menwith nach. Charlie hatte mich in einige Details der Funktion der Anlage einweihen können; seine Enthüllungen waren schwindelerregend gewesen. Die ganze Anlage von Fylingdales verhielt sich zu Menwith etwa so wie das erste Aufglimmen der Vernunft beim prähistorischen Menschen zu Einsteins Relativitätstheorie. Die elektronischen Spielzeuge, die auf diesem Hügel aufgehäuft waren, konnten ohne die geringsten Schwierigkeiten die Unterhaltung zweier russischer Panzerkommandanten aufzeichnen, die an einem Manöver in Sibirien teilnahmen. Sie konnten mit Leichtigkeit öffentliche und private Computersysteme in ganz Europa stören oder gar mit Fehlinformationen füttern, und was sie mit schlichteren Kommunikationssystemen anstellen konnten, war einfach unvorstellbar. Sollte das Unvorstellbare je geschehen und Menwith Hill in die Hände von bösen Buben fallen, die wußten, auf welche Knöpfe man drücken mußte . . .

Ich wußte, daß Charlie mir nicht mehr erzählt hatte, als er für unbedingt erforderlich hielt. Außerdem wußte ich auch, daß die Lage eher früher als später wesentlich ungemütlicher werden würde. Charlies bevorzugte Methode war es, jemanden – wen wohl? – ins Tiefe zu werfen und ihn zappeln und rudern zu lassen, um irgendeine Reaktion hervorzurufen, irgend etwas auszulösen.

Und genau in diesem Augenblick passierte auch etwas. Ich spürte einen kühlen Luftzug, als sich die Tür des Dampfbades ein zweites Mal öffnete und den großen, nebelhaften Schatten einer Gestalt durchließ, die wahrscheinlich Osmond gehörte. Ich stützte meine Ellbogen auf die Knie und barg mein Gesicht in den Händen in der Haltung eines Menschen, der sich gerade von den Nachwirkungen eines bacchantischen Gelages erholt. Die Tür klappte zu, ich hörte das leise Patschen der Schritte und spürte, wie er mich musterte. Der Grieche und ich waren ungefähr gleich groß, und darauf war der Vetter eingestellt. Er ließ sich neben mir auf der Bank nieder und legte sein Handtuch auf dem Schoß zurecht. »Yannedis?« fragte er leise.

Ich hob den Kopf, unsere Blicke trafen sich, und ich war der erste, der sich vom Schreck des gegenseitigen Erkennens erholte. Ich grinste.

»Hallo, Toomey«, sagte ich.

Die Art, wie sein Gesicht entgleiste, war die ganze Mühe fast wert. »Wa-was zum Teufel machen Sie denn hier?«

»Seien Sie nicht vorlaut«, sagte ich, »ich gehöre hierher. Eigentlich sollte ich *Sie* das fragen.«

Toomey blickte im Dampfbad umher, um Zeit zum Nachdenken zu gewinnen, bis sein Auge auf dem jetzt aufmerksam gewordenen alten Päderasten zu ruhen kam. Er stand auf, um die Tür zu öffnen.

»Ich glaube, du wolltest gerade duschen, Opa.«

»Was? O ja, wirklich, das wollte ich in der Tat.«

Toomey schloß hinter dem alten Mann die Tür, und wir waren allein. Ich nickte zustimmend.

»So ist es besser. Jetzt ist es gemütlich. Wozu der Deckname, Francis?«

Er schnaubte. »Hauen Sie ab, Sie krummer Hund.«

Während er das sagte, setzte er sich jedoch wieder hin, und ich sagte: »Oje, so muß es denn wohl sein, oder?«

»Es wird überhaupt nicht sein, also ziehen Sie Leine, bevor ich . . .«

»Bevor Sie *was*?« fragte ich. Ich starrte ihn an, und er zögerte. Grundtenor aller guten Ausbildung: Gib nie eine Anweisung, noch weniger stoß eine Drohung aus, wenn du nicht willens bist, sie in aller Konsequenz durchzuhalten. »Also weiter, ich warte – bevor Sie *was*?«

Er schüttelte den Kopf, als ob er erschöpft sei. »Zum Teufel damit. Was kümmert's mich? Sie sind eine Null, Farrow, ein Niemand.«

Ich drehte mich in der Ecke um, um mich an die Wand zu lehnen, und schlang die Hände um ein Knie, damit ich ihn besser im Auge behalten konnte. Sechs Jahre waren seit meinem ersten Zusammentreffen mit Toomey vergangen. Das war in Burgos in Spanien gewesen, und nichts an dieser Begegnung hatte ihn mir lieb und wert gemacht. Aber Hamburg war gerade ein paar Jahre her, und bei dieser Gelegenheit hatten der junge McKenzie und ich ihn richtig zum Dorfdeppen gemacht.

Was er, ehrlich gesagt, nicht war. Er war groß und zäh genug, um »Fußball« für Notre-Dame zu spielen, und hartnäckig genug, um sich in der Hierarchie der Firma als eine Art wandernder Ausputzer zu etablieren. Nach seiner jetzigen Erscheinung zu urteilen, konnte es jedoch nicht mehr lange dauern, bis er wieder in Langley landen würde, um Akten über den Schreibtisch zu schieben. Um seine Hüften und an seinem Rücken hatte sich der Speck der mittleren Jahre angesetzt, und über Nase und Wangen hatte sich ein lila Netz von geplatzten Äderchen ausgebreitet. Er wartete auf meine Erwiderung, und als sie nicht kam, sagte er erneut:

»Ein Nichts, und das stammt von unseren eigenen netten Freunden. Es ist durchgesickert, daß man Sie rausgeschmissen hat.«

»Meine Güte«, sagte ich, »was die Leute für Märchen erzählen.«

»Reden Sie keinen Stuß«, sagte er, »Sie sind verdammt out, und das wissen Sie auch.«

»Ihre Ausdrucksweise ist schrecklich, Francis«, sagte ich. »Damit werden Sie nie in den Himmel kommen. Sie werden noch in der Hölle landen.«

»Gehen Sie voraus?«

»Jetzt seien Sie mal nicht so verbiestert, dieses Kampfgeschrei«, schüttelte ich den Kopf, »was machen *Sie* eigentlich hier?«

Er zeigte mir seine großen Zähne mit den Kronen. »Wenn Sie wirklich noch im Geschäft sind, warum fragen Sie dann nicht Ihre Jungs?«

»Nicht nötig«, erwiderte ich. »Ich weiß, daß Sie was im Schilde führen.«

Er ließ sich auf mein Spiel ein. »Gott, meine Weste ist schneeweiß.«

»Warum dann diese seltsame Osmond-Geschichte?«

»Ja – woher wissen Sie das eigentlich?«

»Man hat Sie entdeckt, Francis. Sie werden leichtsinnig.«

»Blödsinn!«

»Ach ja?« Ich zuckte die Schultern. »Wie Sie wollen.«

Er dachte nach. »Gut, und was haben Sie damit zu tun?«

»Ich bin froh, daß Sie fragen«, antwortete ich. »Hören Sie, das hier ist *unser* Heimspiel, und wenn Sie mitmachen wollen, dann wenden Sie sich an uns, wir nennen Ihnen die Regeln. Aber ich bin immer noch neugierig . . .«

»Schon mal von der Katze gehört?«

»Von welcher Katze«, fragte ich, »von der mit den neun Leben?«

»Das Glück hätten Sie gerne«, sagte er. »Was werden Sie in der Sache tun?«

»Ich habe noch nicht darüber nachgedacht«, erwiderte ich.

»Dann tun Sie's jetzt.«

»Ich kann nicht, ich habe Kopfschmerzen.«

»Sie verdammter Klugscheißer«, schnauzte er. »Ich hätte wirklich Lust –«

»Das ist Ansichtssache, Francis«, unterbrach ich ihn. »Also passen Sie bloß auf. Was Sie auch immer auskochen, bringen Sie unsere Truppe mit rein. Wenn Sie's nicht tun, werden Sie abgepfiffen.«

Ich stand auf, bevor er sich eine Antwort überlegen konnte, wickelte das Handtuch um die Hüften und ging zum Ausgang. Als ich gerade die Tür erreichte, rief er mir hinterher:

»Wissen Sie was, Farrow? Von Ihnen krieg ich noch Hämorrhoiden.«

»Dann passen Sie auf sich auf.«

»Inwiefern, Sie blöder Hund?«

»Versuchen Sie, in Bewegung zu bleiben.«

Ich machte in Harrogate ein paar Einkäufe, bewahrte sorgfältig die Rechnungen auf und kam um halb eins zu Hause an. Der torfbraune Rover, mit dem meine beiden Gäste am vorherigen Tag vorgefahren waren, stand nicht an seinem Platz neben der Scheune; auch Charlie war nicht da. McKenzie half mir, die prallen Einkaufstüten hineinzuschleppen, wobei uns die Hunde gierig schnuppernd im Weg waren. Wir stellten die Sachen auf den Küchentisch, und ich fischte zuerst nach dem kostbaren Glenmorangie.

»Sie haben eine Menge Zeug eingekauft, Sir.«

»Viel zuviel«, sagte ich. »Die verdammten Preise steigen jede Woche.«

»Ach ja, ich hatte fast vergessen...« Als ich mich umschaute, zählte er gerade Fünf-Pfund-Noten. Er legte sie auf den Tisch und schob sie zu mir herüber. »Das ist für Sie. Unterhalt. Ich hab mir Vorschuß geben lassen.«

»Sie schlauer kleiner Lügner!« sagte ich. »Unser Herr und Meister hat einen gekriegt, stimmt's?«

»Also, ich...«

»Okay, sagen Sie nichts mehr. Dieser knauserige Bastard.«

»Also, Sir, sehen Sie, ich...«

»Ach, machen Sie sich keine Sorgen. Ich sag's ihm nicht weiter, daß Sie's mir erzählt haben.«

»Aber ich habe es Ihnen doch gar nicht erzählt!«

»Sie haben Angst vor ihm, stimmt's?«

»Nein!«

»Dann wird es aber Zeit, daß Sie die kriegen. Ein Tip von mir.«

»Sie scheinen keine besondere Angst vor ihm zu haben.«

»Ich bin zu dumm, um Angst zu haben. Aber Sie sind gebildet.«

»Ich verstehe nicht . . .«

»Dann fangen Sie jetzt einfach an. Übrigens, wo ist er eigentlich hin?«

»Er hat nur gesagt, er sei zum Essen zurück.«

»Das ist typisch«, sagte ich. »Holen Sie ein paar Messer und Gabeln raus, ja?«

McKenzie legte die Eßbestecke auf den Tisch und schaute mir zu, wie ich zwei große Dorschfilets häutete. Als ich mit dem Kartoffelschälen anfing, fragte er, ob es noch etwas für ihn zu tun gäbe. Ich sagte ihm, daß er mir einen Schluck von dem guten Glenmorangie eingießen und dann die Flasche wegstellen könne.

Er kam zurück, als ich gerade dabei war, die Kartoffeln erst in Viertel und dann in dünne lange Stäbchen zu schneiden, und war augenscheinlich fasziniert. Er war wahrscheinlich in dem Glauben durchs Leben gegangen, Fritten wüchsen einfach so – wenn er solchen Dingen überhaupt je Aufmerksamkeit geschenkt hatte.

Trotz der gähnend tiefen gesellschaftlichen Kluft zwischen uns kamen der junge Jock und ich gut miteinander aus. Ich mochte seinen Sinn für Humor und seine Bereitschaft, bei allem mitzumischen. Seine körperlichen Voraussetzungen waren sicher dementsprechend. In dieser Hinsicht erinnerte er mich, wie Omar Fitzgerald es einmal formuliert hatte, an mich in meiner Jugend. Wir waren immer noch ungefähr gleich groß, aber früher hatten wir einmal das gleiche Gewicht und denselben Körperbau gehabt. Damit hörte die Ähnlichkeit jedoch auf. McKenzie hatte helles, rötliches Haar, die lange, gebieterische Nase und die absolut unverwechselbaren, klassischen Züge, die man immer wieder auf den alten Familienporträts schottischer Clanoberhäupter findet. Ich schob ihn beiseite, um an die Fritierpfanne zu kommen, und fragte ihn: »Sagen Sie, Jock, können Sie eine anständige Panade machen?«

»Eine Panade, Sir?« fragte er.

»Ach, lassen Sie nur, und nennen Sie mich nicht immer ›Sir‹. Könnten Sie sich vorstellen, ein bißchen Brot abzuschneiden, ohne sich zu verletzen?«

»Ich denke schon.«

»Dann los«, sagte ich, »schmieren Sie Butter drauf, und machen Sie Tee.«

Ich sagte ihm, wo alles war, und er fand einen Weg, das Brot zu schneiden, ohne sich dabei weh zu tun. Ich panierte den Fisch, briet ihn knusprig braun und stellte ihn zum Warmhalten zusammen mit drei Tellern in den Backofen. Die Kartoffeln brutzelten vor sich hin, als wir die Geräusche eines Wagens hörten, und die Hunde fingen an zu bellen.

»Ruhig, Jungs«, sagte ich. »Das ist doch nur euer Onkel Charles.«

Darüber lachte McKenzie immer noch, als Seine Herrlichkeit zur Tür hereinkam.

»Hallo«, sagte er, »so fröhlich? Und was ist das für ein gräßlicher Gestank?«

»Beeilen Sie sich und ziehen Sie den Mantel aus, Charlie, es ist fast fertig«, sagte ich. »Fisch und Chips und Erbsenmus. Ein königliches Mahl.«

Er mußte sich natürlich erst waschen, und als er zurückkam, waren McKenzie und ich schon beim Essen. Ich holte seinen Teller aus dem Backofen und schob ihn zu ihm hinüber.

»Hier, Charlie – oh, da fällt mir gerade ein, ich werde Ihnen noch etwas Geld abnehmen.«

»Geld? Was für Geld?«

»Spesenzuschuß, Sie schulden mir sechzig Eier. Von unserem Sonnenschein hier habe ich nur fünfzig genommen, aber Sie sind ranghöher.«

Er starrte McKenzie an, der hörbar schluckte.

»Entschuldigen Sie, Sir«, sagte er.

»Kein Grund, sich zu entschuldigen«, sagte ich zu ihm. »Also, Charlie, spenden Sie.«

»Haben Sie die Zeitung gesehen, Farrow?«

»Lassen Sie die Zeitung, geben Sie's einfach her.«

Er versuchte mich zu ignorieren. »Sie sitzen schwer in der Tinte.«

»Sie auch, wenn ich die Kohle nicht kriege. Kein Geld, kein Essen – und außerdem können Sie hier verschwinden.«

»Seien Sie mal ernst, Sie Trottel.«

»Mir ist es ernst. Also raus damit.«

»O Gott!« stöhnte er. Aber er zog die Brieftasche hervor, die nur wenige von uns je gesehen hatten und von der viele glaubten, daß es sie überhaupt nicht gibt. Er drehte sich weg, um einen Teil ihres Inhalts zu entnehmen, und warf ein paar Scheine auf den Tisch. »So. Zufrieden?«

»Danke sehr, Charlie. Ja, für den Augenblick schon.«

»Gut. Aber Sie sind noch nicht aus dem Schneider, Farrow.«

»Normalzustand«, entgegnete ich. »Was darf es denn diesmal sein?«

»Yannedis«, sagte er.

»Yannedis? Was ist mit ihm?«

»Er hat seine sterbliche Hülle abgeworfen. Es sieht so aus, als habe ihn jemand zu Tode getrampelt.«

Ich hätte fast eine Kartoffel verschluckt. »Hören Sie auf, Charlie!«

»Sehen Sie doch selbst. Es steht in der Zeitung.«

Es stimmte wahrhaftig. Da stand es, in der Mittagsausgabe der Yorkshire Evening Post. Nachdem ich die kurze, nüchterne Meldung gelesen hatte, sah ich auf. Charlie schüttelte den Kopf.

»Sie kennen Ihre eigene Kraft nicht, Farrow.«

»Sehr witzig«, sagte ich.

»Aus meiner Perspektive nicht. Sind Sie im Hotel gesehen worden?«

»Nein, ich glaube nicht – aber Moment mal, was soll das?

Sie wissen, daß ich es nicht gewesen bin. Als ich von dem Griechen wegging, war er gesund und lebte noch.«

»Er war gesund und lebte noch?« wiederholte Charlie.

»Also gut, er lebte noch«, erwiderte ich.

»Das ist Ihre Version.«

»Hören Sie mal – Moment! Auf wessen Seite stehen Sie eigentlich?«

»Regen Sie sich ab, Sie machen die Hunde nervös.«

»Scheiß auf die Hunde«, tobte ich.

»Äh ... Salz, Sir?« fragte McKenzie zögernd.

»Ja, und geben Sie mir den Essig, Jock.«

Wir aßen einige Minuten lang schweigend. Der Fisch war sehr gut, und ich ärgerte mich, daß ich ihn nicht genießen konnte. McKenzie machte einen tapferen Versuch, die Gemüter zu beruhigen.

»Das ist das erste Mal, daß ich so was esse. Ich hätte mir nie träumen lassen, daß es so gut sein könnte.«

»Mein Gott, Sie haben noch nicht gelebt, Jock.«

»Wie ist es gelaufen?« fragte Charlie.

»Ich hab Ihnen ja gesagt – ach, Sie meinen Osmond?«

»Ich rede nicht von Ihrer alten Tante Nellie.«

Ich erzählte ihm alles, auch, daß Osmond kein anderer war als unser Freund Toomey. »Er gab mir den Rat, ihm den Buckel runterzurutschen.«

»War er heftig?«

»Ziemlich«, sagte ich, »man hätte es fast als ›beleidigend‹ bezeichnen können.«

»Dem Bastard werde ich helfen«, sagte er. »Er hat Zeit bis heute abend um sechs. Wenn er sich bis dahin nicht gemeldet hat ...«

»In der Zwischenzeit«, sagte ich, »gibt es da noch Yannedis.«

»Ja. Das hätten Sie nicht tun sollen«, sagte er.

Er sagte das ohne jede Leichtigkeit, aber aus langer Verbundenheit wußte ich, daß er seinen seltenen und gewöhnlich verborgenen Humor auslebte. Die meisten, die ihn kannten, hätten geschworen, daß er überhaupt keinen besitzt, aber das beruhte einfach auf Wahrnehmungsschwierigkeiten oder auf mangelnder Kenntnis der menschlichen Natur. Charlie mußte einfach Sinn für Humor haben. Das war das einzige lebendige Element in seinem Charakter, das ihn buchstäblich davor bewahrte, zum Monster zu werden.

»So, Charlie, jetzt haben Sie Ihren Spaß gehabt. Erzählen Sie uns jetzt, wer ihn um die Ecke gebracht hat.«

»Was ist mit unserem Vetter?«

»Toomey kann's nicht gewesen sein«, sagte ich. »Warum hätte er denn heute morgen ins Bad kommen sollen, wenn er gewußt hat, daß Yannedis tot ist?«

»Um uns einen stinkenden Köder zuzuwerfen, um uns zu bescheißen«, sagte Charlie. »Er wußte, daß wir wußten, daß er eine Verabredung mit dem Griechen hatte.«

»Und tauchte auf, nur, um uns von der Fährte abzubringen? Nein, das glaube ich nicht«, sagte ich. »Er war ehrlich überrascht, als er mich sah, da würde ich mein Leben drauf setzen.«

»Vielleicht werden Sie das auch müssen, wenn Sie dort jemand gesehen hat.«

»Sie werden mich doch nicht dem Gesetz ausliefern, Charlie.«

»Nein?«

»Nein. Sie brauchen mich«, sagte ich.

»Tatsächlich? Fertig gegessen?«

»Darf ich meinen Tee heiß machen?« Er schob sich vom Tisch hoch.

»Nur wenn Sie ihn mitbringen. Wir haben was zu besprechen.«

Ich war ganz froh, aus der Küche herauszukommen. Hausgemachte Fisch und Chips sind etwas Feines, aber sie hinterlassen einen hartnäckigen Mief. McKenzie, der offensichtlich nicht zu der kleinen Besprechung eingeladen war, machte freiwillig den Abwasch und führte später die Hunde aus. Im Arbeitszimmer reichte Charlie mir einen gelben Aktendeckel aus Papier, der mehrere Kanzleibögen enthielt, die mit Namen und Adressen vollgetippt waren.

»Schauen Sie sich das mal an.«

»Wo haben Sie denn das ganze Zeug her?« sagte ich.

»Das geht Sie gar nichts an. Sehen Sie es sich nur mal durch.«

»Das müssen Sie sich heute morgen geholt haben –«

»Kümmern Sie sich um ihren eigenen Mist«, sagte er.

Ich überflog die Listen, aber ich konnte mich nicht richtig konzentrieren. Ich verfluchte mich im Geiste, weil ich gestern abend nicht gemerkt hatte, daß sein ganzes Gesülze über den Mann, der sich in der Gegend auskannte und den er brauche, kalter Kaffee war.

Fakt Nummer eins: In den frühen siebziger Jahren hatte unser damaliger Premierminister die Welt dadurch schockiert, daß er über hundert sowjetische »Diplomaten« auf einen Streich des Landes verwiesen hatte.

Fakt Nummer zwei: Später stellte sich heraus, daß die meisten von ihnen aktiv damit beschäftigt gewesen waren, in Fylingdales herumzuschnüffeln.

Fakt Nummer drei: Wie inzwischen jedem klar sein mußte, war Menwith Hill das neue Fylingdales.

Fakt Nummer vier: Sowjetische »Diplomaten« schreckten nicht so einfach vor einem Auftrag zurück, nur weil es unglückliche Rückschläge gegeben hat.

Fakt Nummer fünf: Die Russen waren nicht die einzigen. Was mich jedoch am meisten beschäftigte, war die Tatsache, daß ich bei dieser Sachlage nicht erkannt hatte, daß DI5 höchstwahrscheinlich eine gutausgerüstete Basis in der Gegend haben mußte. Also warum ausgerechnet wir – wenn es nicht ein neues Beispiel für den paranoiden Unwillen dieser Salon-Agenten war, ihre eigenen zarten Hände schmutzig zu machen. Es paßte. Für jemanden, der außerhalb des eigenen Hauses spielte, war Toomey einfach zu großspurig aufgetreten. So als ob er mit jemandes stillschweigendem Einverständnis operiere. Vielleicht hatte es sogar einen begrenzten Informationsaustausch gegeben. Bei diesen hohen Herren konnte man nie wissen. In mindestens einer der Abteilungen kannte ich einen Kunden, der sogar seine eigene Mutter übers Ohr hauen würde. Ich klappte den Aktendeckel zu und reichte ihn zurück. »Leider, kein Treffer«, sagte ich.

»Schauen Sie noch mal nach.«

»Das ist nicht nötig. Ich bin mir sicher.«

»Was ist mit den Orten?«

»Doch, die kenne ich fast alle.«

»Also dann«, sagte er, »setzen wir uns in Bewegung.«

»Was ist mit dem Wunderknaben?« fragte ich.

»Was soll mit ihm sein?«

»Er ist mit den Hunden draußen.«

»Das ist gut so«, meinte er. »Mit etwas Glück verliert er sie vielleicht unterwegs.«

»Lecken Sie mich, Charlie«, sagte ich.

Die Anlage von Menwith Hill, die angeblich unter der alleinigen Hoheit des britischen Home Office wirkte, schien dennoch eine große Zahl von Technikern aus den Vereinigten Staaten zu beschäftigen. Wie viele von ihnen echte Hardware-Spezialisten und wie viele von ihnen Leute von der Firma sind, ist für viele Gegenstand ausgedehnter Spekulationen. Aber sie alle scheinen entschlossen, ihren Aufenthalt in einem echten Dorf der »Alten Welt« bis ins letzte zu genießen. Mit solchen Dörfern ist Yorkshire glücklicherweise reichlich ausgestattet.

Diese alle abzuklappern, um ihre verstreuten Örtlichkeiten in Charlies Gedächtnis zu speichern und die ganze Gegend in nur einem Nachmittag abzugrasen, war eine schier übermenschliche Aufgabe. Trotzdem versuchten wir es. Charlie war eines jener seltenen Individuen und der einzige Mensch, den ich kannte, der seine fünf Sinne simultan und unabhängig voneinander arbeiten lassen konnte und alle mit sinnvollem Ergebnis. Er konnte beobachten und lernen, reden und lauschen, berühren und riechen – immerzu. Während wir unterwegs waren, überhäufte ich ihn also mit Fragen, von denen er allerdings nur einige beantworten konnte. Gegen Ende, als wir um Ripley herumfuhren, sagte ich:

»Hören Sie mal, Charlie, ich habe über den armen Yannedis nachgedacht.«

»Dazu ist es jetzt zu spät«, antwortete er.

»Nein. Haben wir irgendwelche Kontakte?«

»Kontakte? Wozu?« sagte er.

»Um Informationen zu bekommen.«

»Was für Informationen?«

»Haben die Gesetzeshüter den Brigadier gefunden?«

»Wen sollen sie gefunden haben?«

»Seine große Beretta«, erklärte ich. Das Gewicht der Minx 25, die ich immer noch in der Jackentasche trug, hatte mich daran erinnert. »Sie steckte seitlich unter einem Sofakissen.«

»Das ist vielleicht eine gute Idee«, meinte er.

»Danke, aber Sie haben die Frage nicht beantwortet.«

»Ich werde Billy Brough anzapfen.«

Brough, Kommissar bei der Abteilung Leeds der Special Branch, war einer der ganz wenigen Leute, die wir von der Sektion um Hilfe bitten konnten. Agenten – und besonders solche wie wir – haben keine Vollmacht, jemanden festzunehmen, und selbst wenn sie sie hätten, könnten sie sie nicht ausüben. Sonst flöge innerhalb eines halben Jahres jeder aktive Geheimdienstler auf.

»Der gute alte Billy«, sagte ich. »Ich dachte, er hätte aufgehört.«

»Sie dachten ja auch, Sie selbst hätten aufgehört«, erwiderte er. »Sie haben 'ne Rentner-Neurose.«

»Blödsinn.«

Er sah auf die Uhr. »Okay, halten Sie hier.«

Wir näherten uns einem ehemals großartigen, alten Pub, der mal Red Lion geheißen hatte und sich inzwischen in ein aufgedonnertes Schnellrestaurant verwandelt hatte, genau wie alle anderen im ganzen Land, die zu der gleichen Kette gehörten.

Ich bog auf den Parkplatz ein.

»Ein bißchen früh, Chas«, sagte ich. »Es ist noch nicht geöffnet.«

»Fahren Sie drüben zur Telefonzelle. Und geben Sie mir ein paar Zehner.«

»Damit kann ich nicht dienen«, sagte ich. »Ich habe überhaupt kein Kleingeld.« Das war strenggenommen nicht wahr. »Wir müssen die Zahllast umkehren.«

»Kommen Sie schon, Farrow!«

»Ehrlich, Charlie.«

»Nutzlose Tucke«, zischte er.

Er schälte sich aus dem Rover und stapfte zu der Telefonzelle, wobei er in seiner Hosentasche wühlte. Ich wußte mit Sicherheit, daß er die nötigen Münzen hatte. Er wollte sie nur nicht benutzen, das war alles. Dann telefonierte er zweimal, wie schon bei einem vorherigen Stopp. Diese zwei Telefonate dauerten ein gutes Stück länger, und als er wieder ins Auto kletterte, sah er nachdenklich aus.

»Nun, Chas?«

»Nichts. Keine Waffen«, sagte er.

»Dann hat sein Mörder, wer immer es war, sie mitgenommen.«

»Brillant, Farrow«, sagte er. »Los, worauf warten wir hier eigentlich? Nächster Halt« – er vergewisserte sich auf der Karte – »Kirby Malzeard.«

»Es ist schon zu spät, Charlie«, sagte ich. »Bevor wir dort ankommen, wird es dunkel.«

»Dann geben Sie Gas«, schlug er vor.

»Wir könnten uns aber auch die Lodge in Downside vornehmen. Die liegt fast auf unserem Heimweg. Das könnten wir noch bei Tageslicht schaffen.«

»Herrgott, dann fahren Sie«, sagte er.

Das Downside-Anwesen liegt nördlich von Ripon und südlich von Bedale in dem schönen Landstrich zwischen Masham und der A 1.

Nach dem, was in Yorkshire üblich ist, war es alles andere als groß zu nennen, und das Herrenhaus war, verglichen mit anderen dieser Gegend, eher neu. Downside war im späten 18. Jahrhundert erbaut worden und verdankte seinen Namen der Tatsache, daß sich seine 700 Morgen Land von den Tälern bis zu dem sanft geschwungenen Ackerland zwischen den Hochmooren und dem Meer erstreckten. Das hört sich zwar plausibel an, aber ich bin mir nicht so sicher.

Sicher weiß ich allerdings, daß sich mein bescheidenes Fleckchen Land an die westliche Grenze des Downside-Landes drängt und daß Sir Anthonys Fasane gelegentlich bei mir einfliegen, um meinen Rosenkohl anzupicken. Das ist einer der Gründe, warum ich mir überhaupt die Mühe mache, Rosenkohl zu ziehen. Beides paßt sehr gut zueinander – wenn Sie verstehen, was ich damit sagen will.

Das »Downside Lodge« auf Charlies Liste war ein großspuriger Name für das hübsche, aber wahrscheinlich feuchte und schrecklich ungemütliche kleine Bauwerk, das zwischen den eisernen Toren eingezwängt dalag. Drinnen brannte Licht, und die Vorhänge waren nicht zugezogen, aber wir konnten wegen der Bäume und Sträucher nicht durch die winzigen Fenster hineinschauen: großer, alter Rhododendron, Holunder und Ulmen voller Krähennester. Ich bog auf die Zufahrt ein und stieß dann auf die Straße zurück.

»Das war's dann also, mein Freund«, sagte ich. »Können wir jetzt nach Hause fahren?«

Er hakte den Namen auf der Liste ab. »Eugene F. Autry«, sagte er, »Radio-Astrologe und Computer-Koryphäe obendrein.«

Ich fuhr langsamer, bremste und hielt am Seitenstreifen. »Glauben Sie, daß Sie das Tor öffnen können?«

»Auf dem Schild daneben steht ›PRIVAT‹.«

»Wir sind doch privat hier, oder?« sagte ich. »Überleg's dir, Charlie. Das spart uns fünf Meilen.« Er stemmte sich gegen seine Tür. »Hoffentlich wissen Sie, was Sie tun.«

Ich wußte genau, was ich wollte. Die breite Schneise führte eine Meile lang geradewegs durch den Wald, an dessen Ende es noch ein Tor gab. Dieses führte auf einen Feldweg, der an The

Bottoms entlang führte und an meinem Anwesen endete. Dieser Wald, eines der Refugien von Sir Anthony, war für die Öffentlichkeit streng verboten, und Sir Anthony – man kann es sich denken – war im Stadtrat. Aber man mußte sich von seinem Wildhüter erst erwischen lassen, und da es gerade kurz vor halb sechs war, wußte ich genau, wo der Gute gerade stecken würde: Drunten im Pub, das erste von zwei Halben stürzend. Hoffte ich. Charlie öffnete das Tor, und als ich durchgefahren war, schloß er es pflichtbewußt. Ich fuhr los, nachdem er wieder eingestiegen war.

»Machen Sie das Licht an«, sagte er.

»Zu riskant.«

»Hören Sie zu –«

»Nur die Ruhe«, sagte ich, »wir sind in ein paar Minuten wieder draußen.«

Wir brachten die Fahrt hinter uns, Charlie erledigte das Seine mit dem Tor, und gleich darauf waren wir zu Hause.

Als wir von der Landstraße einbogen, wußte ich sofort, daß etwas nicht stimmte. In den Fenstern sah man keinen Lichtschimmer, mein zerbeulter alter Jaguar war weg, und beunruhigenderweise fehlte der Lärm der Hunde. Ich würgte den Motor ab und kurbelte das Fenster herunter. Es war so totenstill, daß ich selbst das leiseste Rascheln der Blätter hören konnte.

»Worauf warten wir?« fragte Charlie.

»Kein Gebell«, erwiderte ich, »und kein Licht. Wo ist denn der Kollege?«

»McKenzie ist unterwegs«, sagte er.

»Ich nehme an, daß das den fehlenden Wagen erklärt.«

»Natürlich. Oder hätte er zu Fuß gehen sollen?«

»Hat er die Hunde auch mitgenommen, Chas?«

»Das hat er hoffentlich nicht«, sagte er.

»Das dachte ich mir«, sagte ich. »Deshalb gefällt mir das nicht.«

»Hm . . . Dann warten Sie mal.«

Das Rover-Design hatte sich seit meiner Zeit verändert, aber das machte nicht viel aus, denn die Modifikationen, die die Mechaniker der Sektion anzubringen pflegten, blieben im Grunde die gleichen. Nichts so Exotisches wie Raketenwerfer oder Kanonen und Flammenwerfer, nur eine kräftig aufgebohrte Maschine mit passender Kraftstoffversorgung, und einen Benzintank, der seinem Durst gewachsen war. Zusätzlich eine kleine Waffenkammer, die unter der Fußmatte auf der Beifahrerseite eingelassen war. Charlie beugte sich tief hinunter, um die Gummimatte zurückzurollen und die Druckknöpfe des Teppichs zu lösen. Als er sich aufrichtete, hatte er sie beide, in jeder Hand eine. Er reichte mir eine, dann bückte er sich wieder, um den Teppich neu zu befestigen und die Gummimatte zurechtzurükken. Es geschah alles im Dunkeln, aber er kannte sich genau aus. Er kam wieder hoch, und ich spürte ein Nicken.

»Prüfen Sie's lieber«, sagte er.

Ich nahm sie aus dem Knöpfhalfter, kippte die Trommel heraus und tastete im Dunkeln nach den Hülsen. Alles da und in Ordnung. In jeder Kammer eine Patrone mit Kupferkopf. Ich ließ die Trommel wieder zurückschnappen und prüfte ein paarmal, ob sie funktionierte, indem ich den Abzug mit dem Daumen sanft einrasten ließ. An dem dumpfen, metallischen Klikken neben mir hörte ich, daß Charlie das gleiche tat. Wirklich überflüssig, einfach ein Teil der eingedrillten Routine.

»Sind Sie bereit?« fragte er leise.

»Ja, alles klar.«

»Gut, wo ist der Schlüssel für die Hintertür? Sie nehmen den Vordereingang – und, Farrow . . .«

»Was?«

»Zögern Sie nicht.«

»Tu ich nicht. Ich will die Pension noch bekommen.«

»Gut. Gehen wir also.«

Ich kann nicht behaupten, daß ich nicht den seltsamen Moment der Unsicherheit gespürt hätte. Wir gingen dem Lehrbuch entsprechend vor, nach Schema F. Und deshalb kam ich mir ausgesprochen dämlich vor. Die Hunde schliefen auf der Wohnzimmercouch. McKenzie war gegangen, ohne sie vorher in der Küche einzuschließen. Zwanzig Minuten später wären sie aufgewacht und hätten nach Futter geheult. Aber jetzt schlummerten sie zusammengerollt weiter und schnarchten wie zwei alte Männer. Charlie schaute sie an.

»Herrgott, was für eine Pleite!«

»Vorsicht ist besser als Reue«, sagte ich.

»Zwei ganz tolle, bescheuerte, fette Wachhunde haben Sie da.«

»Sie sind eben müde, Charlie«, erwiderte ich. »Hier, die können Sie jetzt wiederhaben.«

Ich hielt ihm die Smith & Wesson hin. Er schnaubte und schüttelte den Kopf. »Die behalten Sie besser bei sich.«

»Was ist mit McKenzie?« fragte ich.

»McKenzie wird keine brauchen.«

»In dem Fall kann er meine haben und dafür sorgen, daß *ich* keine brauche.«

»Ihre Wachhunde rühren sich«, sagte er. Er ging an mir vorbei zur Treppe. »Ich gehe hinauf und nehme ein Bad.«

»Sie haben doch heute morgen schon gebadet, um Gottes willen.«

»Stimmt. Aber ich war den ganzen Tag mit Ihnen zusammen.«

Er war weg, bevor ich eine Antwort hervorzaubern konnte. Ich ließ es an den Hunden aus.

»Ihr faulen Säcke! Runter da!«

Sie sprangen vom Sofa, streckten sich, gähnten, schauten mich erfreut an und wedelten mit den Schwänzen.

»Ab mit euch in die Küche!« sagte ich.

Sie schlenderten vor mir her, ließen sich viel Zeit, und ich schloß sie ein. Ich legte den Mantel ab und beruhigte mich mit einem Whisky. Dann beruhigte ich mich noch stärker mit einem weiteren. Das Zimmer war warm und großartig. Das Feuer brannte noch, weil ich es den ganzen Winter über nie verlöschen ließ. Auf einer dicken Lage Asche glühen dicke Scheite ewig. Ich war einmal zwei Tage lang weg gewesen und brauchte nur einmal sachte zu stochern, damit die Flammen von neuem aufloderten. Ich ließ das Wunder wirken und setzte mich, um meinen zweiten Drink zu genießen.

Auf der Auffahrt knirschte der Kies, und diesmal reagierten die Hunde. Zweifellos kam McKenzie von seinem Auftrag zurück. Ich seufzte und trank den Whisky aus, um die Fütterung hinter mich zu bringen, bevor McGowan herunterkommen würde. McKenzie kam herein, als ich gerade die Dosen öffnete.

»Zufrieden mit meinem Auto, Jock?« fragte ich.

»Oh, äh . . . ja«, sagte er. »Entschuldigen Sie bitte.«

»Ach, machen Sie sich keine Gedanken, Kumpel«, sagte ich. »Überhaupt, wo sind Sie eigentlich damit hingefahren?«

»Ich . . . Äh . . .«

»Okay, vergessen Sie's«, sagte ich. »Ich frag auch nicht, was da in dem Umschlag ist.«

»Es ist nur. Äh . . .«

»Genau das dachte ich mir. Legen Sie den Mantel ab, und helfen Sie mir mit dem Essen.«

»Ich gehe erst hoch und wasche mich«, erwiderte er.

»Ja, tun Sie das. Ich hoffe, Sie werden glücklich miteinander.«

»Sir?«

»Ihr Boß ist im Bad«, erklärte ich.

»Ah, ich verstehe.«

»Benutzen Sie das Bad unten.«

»Danke. Ja, mach ich.«

»Und, Jock –«

»Ja?«

»Nehmen Sie Ihren Umschlag mit.«

»Haha, das ist gut.«

Ich schüttelte den Kopf und fütterte die Hunde, dann begann ich das Essen fertigzumachen. Eine Familienpackung Brokkoli, eine mit Chips, ein paar Dosen Reis in Rahmsauce und drei schöne, große Schweinekoteletts. Als Jock zurückkam, lag der Reis in einer Emailschüssel, der Brokkoli befand sich in einem Topf, die Kartoffeln waren im Ofen, und ich würzte gerade die Koteletts.

»Großer Gott, Sir!« rief er. »Haben Sie das alles gemacht?«

»Ganz einfach, wenn man es kann.«

»Aber das ist absolut umwerfend!«

»Ja, dann wanken Sie mal hier raus, und bringen Sie mir einen Schluck Glenmorangie. Mein Glas steht auf der Sessellehne.«

Als Charlie von seiner Waschung herunterkam, frisch rasiert und rosig, trug er seinen zweiten Anzug und ein sauberes weißes Hemd und, darauf hätte ich gewettet, frische Socken und Unterwäsche. Sein Haar war noch feucht und roch nach Haarwasser, und seine Schuhe glänzten wie frischgeförderte Kohle. Ich schaute ihn an, und spürte Blei im Magen. Er war bereit für den Aufbruch zu neuen Aktivitäten, die Nachtschicht würde also bald beginnen. Sein starrer Blick fiel auf das Glas in meiner Hand.

»Hören Sie zu – seien Sie vorsichtig mit dem Zeug!« sagte er.

»Der erste für heute, Charlie.«

»Das muß auch reichen. Wir haben noch zu arbeiten.«

»Vorher oder nachher?«

»Vor oder nach was?«

»Abendessen.«

»Kommt darauf an, wann es fertig ist.«

»Jeden Augenblick.«

»Gut. Haben Sie Ihren Job erledigt, McKenzie?«

Jock sprang auf, den großen braunen Umschlag in der Hand. »Ja, Sir, drei Abzüge«, sagte er. »Das Original ist nach London gegangen.«

»Gut, sehen wir es uns an«, sagte Charlie.

»Darf ich es auch sehen?«

»Setzen Sie sich, Farrow«, sagte er, »und seien Sie nicht so weibisch. Haben Sie diesen Typ schon mal gesehen?«

Er gab mir einen der Bögen aus dem Umschlag, eine A4-Fotokopie einer Porträtzeichnung. Ein Durchschnittsgesicht, würde man sagen, ohne charakteristische Eigenheiten, ausgenommen die Augen vielleicht. Sie waren irgendwie nach unten verrutscht, von der Nase weg, und sahen aus wie die Augen eines traurigen, alten Hundes. Ein Mann, knapp im mittleren Alter, nicht älter als ungefähr fünfunddreißig. Das

Haar war leicht gewellt und über den Kopf gezogen, vielleicht, um eine kahle Stelle zu verbergen. Charlie sah zu Jock hinüber.

»Na, hat das der Künstler nicht gut gemacht?«

»Welcher Künstler? Wann?« fragte ich. »Ja, ich denke schon«, sagte McKenzie.

»Wer ist dieser Typ?« fragte ich.

»Das wissen wir noch nicht, aber wir werden es rauskriegen.«

»Darf ich fragen, wozu?«

»Er hat den Griechen umgenietet.«

»Ich *vermute*, daß er es gewesen ist«, sagte Jock. »Sicher ist, daß ich ihn ein paarmal gesehen habe. Einmal in dem Restaurant und später auch im Hotel, als Yannedis seinen Schlüssel abholte.«

»Das ist nichts Besonderes«, sagte ich. »Er kann auch einfach nur als Gast im Majestic gewesen sein und hat auswärts gegessen, um mal was anderes zu sehen. So gesehen, das gleiche wie bei Yannedis.«

»Vielleicht«, sagte Charlie. »Aber wir werden ihn auf jeden Fall finden.«

»Wann?«

»Heute abend«, sagte Charlie. »Also beeilt euch mit der Wurst.«

Mein Mut sank schon wieder. Er würde seine Mahlzeit in knapp fünf Minuten hinunterschlingen, kaum daß ich überhaupt angefangen hatte, und jeder langsame Esser wird meine Gefühle verstehen. Nichts deprimiert mich mehr als mit Leuten bei Tisch zu sitzen, die Nahrung in sich hineinschaufeln wie in eine Mülltonne. Ich fühle mich erbärmlich dabei, es ekelt mich an.

Es hätte sowieso keinen großen Unterschied gemacht, wie ich merkte, als ich in die Küche kam. Im selben Augenblick, in dem ich Jakes Gesicht sah, der schuldbewußt meinem Blick auswich, wurde mir klar, daß ich den Vollzug von Regel Nummer eins vernachlässigt hatte.

»Du verdammter Scheißkerl!« schrie ich.

Zu spät. Wo eben noch drei Koteletts in der Pfanne gelegen hatten, waren es jetzt nur noch zwei. Charlie, der meinen Wutschrei gehört hatte, streckte seinen Kopf durch die Tür.

»Was zum Teufel ist das hier für ein Lärm?« fragte er.

»Einer der Hunde hat gerade Ihr Kotelett aufgefressen.«

»Das macht nichts, dann esse ich Ihres«, erwiderte er.

Wir verließen das Haus gegen acht und nahmen beide Wagen. Charlie fuhr im Rover voraus, und McKenzie fuhr mit mir. Jeder von uns hatte ein kleines Funkgerät mit einer Reichweite von etwa zwei Meilen dabei. Großzügig für unsere Zwecke, denn Harrogate ist keine große Stadt, und die meisten Hotels liegen in der gleichen Gegend nördlich von Valley Gardens, entweder direkt an der Ripon Road oder einer ihrer Seitenstraßen. Eine bezeichnende Ausnahme ist das Grand Hotel, das eine vorrangige Position im nordöstlichen Randbezirk der Stadt einnahm, die grüne Weite der Ebene von The Stary überblickend. Charlie hatte das Grand als Anfang ausgewählt, und ich hatte eine ziemlich klare Vorstellung warum. Ich sprach den jungen Jock auf das Thema an, als wir von der Landstraße abbogen und uns in den dünnen Verkehr auf der A61 in südlicher Richtung einreihten.

»Also wo ist das Versteck, McKenzie?«

»Das Versteck, Sir?«

»Sie versuchen doch nicht, mich zu verkohlen, oder, Sonnenscheinchen?«

»Nein, nein, wirklich nicht!«

»Wo haben Sie den Nachwuchskünstler getroffen?«

»In einem Zimmer im Grand Hotel. Mr. McGowan hatte es gebucht.«

»Einfach so«, sagte ich, »wo die ganze Stadt von Delegierten der Spielwarenmesse nur so wimmelt.«

»Da habe ich nie drüber nachgedacht«, sagte er.

»Es ist nicht gut, nicht nachzudenken. Wer nie nachdenkt, ist bald tot.«

»Wissen Sie ...«

»Nein, ich weiß nicht. Wen haben Sie heute sonst noch getroffen?«

»Niemanden, wirklich. Dieser Kerl hat die Zeichnung gemacht und hat den nächsten Zug zurück genommen.«

»Zurück wohin?«

»Keine Ahnung. In die Stadt, nehme ich an.«

»Sie haben ihn doch hingebracht, oder?«

»Wieso, nein.«

»Woher wissen Sie dann, daß er irgendwohin gefahren ist?«

»Ich, ich . . .«

»Wie auch immer, vergessen Sie's«, sagte ich. »Können Sie was für sich behalten?«

»Natürlich.«

»Gut, dann behalten Sie das hier.« Ich reichte ihm die Minx, und er schaute sie an. »Und erzählen Sie es Charlie nicht«, sagte ich, »sonst würde er sie Ihnen vielleicht wegnehmen.«

»Glauben Sie wirklich, daß dieser Auftrag so gefährlich werden könnte?«

»Er ist es schon«, entgegnete ich. »Yannedis ist nicht an Altersschwäche gestorben.«

»Wer, glauben Sie . . .«

»Ich weiß es nicht. Charlie glaubt, die Vettern.«

»Die Vettern! Das würden sie nicht wagen, nicht hier in Großbritannien!«

Er sagte nie »England«.

»Glauben Sie das bloß nicht«, sagte ich. »Die Frage ist nicht, ob sie es tun würden, sondern ob sie es getan haben.«

»Ja . . . aber wer könnte es sonst gewesen sein?«

»Jetzt stellen Sie sich aber dumm an. Ist Ihnen noch nicht klargeworden, Kumpel . . .« Ich fuhr fort, ihm meine eigenen Beobachtungen darüber mitzuteilen, wie idiotisch es war, all diese international so anziehenden Schmankerl dort auf Menwith Hill zu plazieren. In Harrogate, kaum sechs Meilen entfernt, wimmelte es nur so von ständig wechselnden Bewohnern. Konferenzen, Messen, Ausstellungen – nicht zu vergessen die »Great Yorkshire Show« –, die Tausende von Gesandten aus so fernen Ländern wie Japan anzogen, die aus dem falschen Teil Europas nicht ausgenommen. Sogar, zweifellos sogar ganz besonders aus der bösen alten UdSSR. Und, immer noch nicht zufrieden mit der Größe des Schmelztiegels, gaben die bürokratischen Potentaten, die diese Dinge steuern, sogar noch munter an die dreißig Millionen schwer verdiente Steuergelder aus, um ein neues, riesiges Konferenzzentrum mitten in die Stadt zu klotzen. »Das ist genauso, als ob ich die Koteletts bei mir zu Hause offen liegen lasse und hoffe, daß die Hunde nicht drangehen.«

»Das Schicksal wird anscheinend wirklich herausgefordert.«

»Wir fordern sie alle heraus«, sagte ich. »Jeden Krethi und Plethi.«

»Dann müssen wir also davon ausgehen, daß es jeder gewesen sein kann?«

»Verdammt wahr. Also halten Sie besser die Augen offen.«

»Sehen Sie, Sir, Char – Mr. McGowan blinkt nach links.« Wir kamen auf die Ampeln vor der Royal Hall zu. Ich kurvte und fuhr neben den Rover, denn Charlie würde rechts abbiegen. Dann schaltete die Ampel auf Grün, und wir fuhren getrennte Wege. Es war nicht viel los in der Stadt. Ich stellte den Jaguar auf den Parkplatz des Rathauses auf einen Platz, der für den »Städtischen Bauinspektor« reserviert war. Bei den Steuern, die ich zahlte, fühlte ich mich dazu berechtigt. Als ich ausstieg und abschloß, spürte ich die ersten Regentropfen im Gesicht.

»Mist, das hat uns gerade noch gefehlt.«

Jock sah mich über das Autodach an. »Wie bitte, Sir?«

»Nichts«, entgegnete ich. »Sind Sie sicher, daß Sie den Stadtplan im Kopf haben?«

»Ja, ich glaube schon.«

»Es ist einfach, Sie nehmen sich diese Seite vor. Fangen Sie hier an der Ecke an, dann zum Old White Swan's zu Ihrer Linken. Arbeiten Sie sich den Hügel hoch – und denken Sie daran, zu den abgemachten Zeiten draußen zu sein. Okay?«

»Ja, Sir.«

»Und hören Sie, Jock –«

»Ja?«

»Keine Heldentaten. Wenn Sie ihn sehen, bleiben Sie in Sichtweite, bis Sie Funkkontakt aufnehmen können. Wir werden nie weit weg sein.«

»Verstanden.«

»Gut, dann geht's los.«

Ich vergrub die Hände in den Taschen, beugte die Schultern in den Regen und schlängelte mich durch den Verkehr über die Straße. Mein Kopf begann zu schmerzen. Ich ging den Hügel zum Majestic hoch und dachte wieder daran, wie dumm es doch war, dort so kurz nach der Sache mit Yannedis wiederaufzutauchen. Aber Charlie hatte darauf bestanden, und ich verstand natürlich, warum. Es war weniger die Karotte, die man dem Esel hinhält, als vielmehr das rote Tuch, mit dem man dem Stier zuwedelt. Es gibt Leute, die gerne das Gefühl haben, gebraucht zu werden. Ich gehörte nicht zu ihnen.

Die Hotelhalle war seltsam menschenleer. Als ich zur Rezeption schlenderte, kam ein Portier auf mich zu, um mich abzufangen.

»Entschuldigen Sie, Sir«, sagte er, »suchen Sie die Sovereign-Board-Games-Party?«

»Nein«, sagte ich, »aber warten Sie mal« – ich zeigte ihm die Zeichnung –, »kennen Sie zufällig diesen Kerl?«

Er faßte erst mich, dann die Zeichnung, dann wieder mich ins Auge.

»Kann sein«, sagte er. »Sind Sie von der Pol –«

»Hören Sie, sprechen Sie leise«, unterbrach ich ihn.

»Ihre Kollegen sind hier schon überall herumgelaufen.«

»Ja, ich weiß«, sagte ich. »Konzentrieren Sie sich auf den Typ.«

»Kommt mir bekannt vor«, sagte er. »Ja, ich glaube, er ist hier angemeldet.«

Es sah also so aus, als ob ich recht gehabt hätte. Er war einfach irgendein Vertreter auf der Spielwarenmesse, der im Hotel wohnte und zufällig im Number Six gegessen hatte, so wie es auch Yannedis getan hätte. Der Portier, der wohl seine Rente etwas hinausgezögert hatte, war ein kleiner vogelartiger Typ mit einem schmalen Glatzkopf und hellen, wachen Augen.

»*Glauben* Sie nur?«

»Nein«, er nickte bestimmt. »Ich bin mir jetzt sicher. Ich habe ihn heute gesehen. Heute abend, genaugenommen.«

»Wann? Um wieviel Uhr?«

»Hm . . . das muß so um sieben gewesen sein. Ja, war es, er verließ gerade das Hotel.«

»Sie wissen nicht zufällig, wo er hingegangen sein könnte?«

»Es würde mich nicht wundern, wenn er auf dem Empfang von Tsazaki Toys wäre, oben im Cairn Hotel. Da ist heute abend irgendwas los. Da könnten Sie es versuchen.«

»Ja, danke, das werde ich tun.«

Als ich mich umdrehte, rief er hinter mir her. »He, gibt es keine Belohnung?«

»Sie werden Ihre Belohnung im Jenseits kriegen, alter Knabe.«

»Das sagen sie alle«, erwiderte er.

Das Nieseln war heftiger geworden. Ich fluchte, überquerte wieder die Ripon Road und ging eilig zum Cairn Hotel. Der Parkplatz war randvoll, und die Fassade des Gebäudes war strahlendhell erleuchtet. Ich schlüpfte hinein, ins Trockene, ließ meinen nassen Mantel in der Garderobe und blieb dort, um mich zu kämmen. Niemand wollte mir den Weg zeigen, deshalb folgte ich den handgeschriebenen Schildern – TSAZAKI TOYS und einem Finger, der die Richtung angab. Die Veranstaltung war im ersten Stock im größten Empfangssaal des Hotels.

Alles, was ich tun mußte, war an Sarah Palfreyman vorbeizukommen. Ihr Name stand auf einer kleinen Plakette auf dem Schreibtisch, der in dem kleinen Vorraum stand. Eine kleine Blonde mit wenig Oberweite, aber einem netten Lächeln.

»Guten Abend, Sir. Wie ist Ihr Name, bitte?«

»Mein Name ist unwichtig, Liebchen«, ich zeigte ihr meine zuverlässige Zeichnung. »Haben Sie den schon mal gesehen?«

»Also – ich – sind Sie von der Polizei?«

Es ist eine ernste Beleidigung, jemanden für einen Polizisten zu halten, deshalb legte ich mich nicht darauf fest. »Security Branch«, sagte ich.

Sie studierte die Zeichnung und nickte langsam. »Ja«, sagte sie, »ich glaube, er ist drinnen, aber ich erinnere mich nicht mehr an seinen Namen.«

»Das macht nichts, ich werde ihn schon finden.«

»Wird es . . . Ärger geben?« erkundigte sie sich.

»Nein, nein, kein Grund zur Aufregung.«

»Vielleicht sollte ich Mr. Yakomati holen.«

»Auch dazu gibt es keinen Grund«, sagte ich. »Wir wollen doch die Party nicht verderben, oder?«

»Nicht, wenn es sich vermeiden läßt«, erwiderte sie.

»Gut, ich gehe rein und werde in Ruhe mit ihm reden.« Der große, schöne Raum war mit Leuten vollgestopft, die in Gruppen zusammenstanden und redeten, tranken und aßen. Alle hatten Gläser in der Hand, und manche auch Teller. Jede der Gruppen hatte ihren niedlichen japanischen Gastgeber, der sich lächelnd um alles kümmerte, und ich sah, während ich mich unter die Versammlung mischte, daß jeder der Männer ein Plastiknamensschild am Revers trug. Ohne fühlte ich mich ziemlich nackt. An drei Seiten des Raumes standen Tische auf Böcken, von langen weißen Tüchern bedeckt. Die beiden seitlichen Tische waren mit Speisen beladen. Der am Kopfende diente als Bar. Ich ging geradewegs dorthin und bekam einen hübschen großen Scotch, und während ich trank, entdeckte ich ihn. Er stand abseits an der Seite des Raumes und sah sich beim Büffet um. Als ich mich umdrehte, um mein Glas abzustellen, zeigte mir ein herumstehender Kellner eine Flasche. »Würden Sie das gerne mal versuchen, Sir?« fragte er. »Es ist ein ›Tsaziki Mist‹, ein japanischer Scotch.«

»Ein japanischer *was*?«

»Ein exklusiver Whisky, in Japan extra für die Firma hergestellt.«

»Dann wissen Sie ja, was Sie damit machen können.«

Er versuchte, sein Gesicht unter Kontrolle zu behalten. »Dann möchten Sie vielleicht noch einen Malt, Sir?«

»Der Sir sollte vielleicht lieber nicht mehr«, erwiderte ich. »Aber er könnte noch einen Tropfen Ale vertragen.«

»›Mild‹ oder ›bitter‹?«

Ich hätte wissen müssen, daß es hier alles gab. »Was für ein Ale ist es denn?«

»Tetleys, Websters, Bass Charr –«

»Nicht weiterreden. Tetleys mild ist in Ordnung.«

Ich behielt mein unbekanntes Opfer im Auge, während die Bedienung das Bier zapfte, aber er schien sich nur für eine gute Mahlzeit zu interessieren. Er hatte seinen Teller vollgepackt und aß am Ende des Tisches genüßlich. Als mein Kellner mit dem Tetleys zurückkam, bot er mir aus einer Kiste Zigarren an. Upmanns, echte Schönheiten in dicken Alu-Röhren. Zu gut für meinen unterentwickelten Geschmack.

»Möchten Sie eine Zigarre, Sir?«

»Wollen Sie mich verwöhnen, mein Sohn?«

»Warum nicht, Sir? Mit Empfehlung von Tsazaki.«

»Wenn das so ist, nehme ich zwei, glaub ich. Eine für einen guten Kameraden.«

»Bitte sehr, Sir. Ist er auch hier?«

»Nur im Geiste. Er liegt in Burma unter Eisenbahnschienen begraben.«

»Ich verstehe, Sir«, sagte er. »In diesem Fall nehmen Sie die ganze verdammte Kiste.«

»Ich will nicht zu gierig sein«, sagte ich.

Er grinste und ging davon, und ich wanderte hinüber zu meinem Kerl. An den Tischen stand eine recht große, schwatzende Meute, darunter die unvermeidlichen blöden Trottel, die sich nehmen, was sie wollen, dann stehenbleiben und allen anderen den Weg versperren. Aber ich hatte einen großen Vorteil: Keiner von ihnen hatte meine Statur. Ich drängelte mich zu dem Typ durch, langte nach einem Räucherlachsbrötchen und rempelte ihn kräftig an. Unser Freund wich von seinem Teller zurück, die Hälfte von meinem Bier war vorn auf seinem Anzug gelandet. Er sah auf, das Gesicht vor Schreck erstarrt, und ich sah das halbgekaute Essen in seinem Mund.

»Oje«, sagte ich, »es tut mir so schrecklich leid.«

»Bitte?«

»Nein, mild.«

»Wie bitte?«

»Das Bier – es ist kein Bitter, es ist ein Mild.«

»Bitte, bitte, kein Problem.«

Ich hatte mein fast sauberes Taschentuch herausgewedelt und tupfte ihn eifrig ab. Er hatte etwas Hartes unter der Achselhöhle stecken. Seinem Anstecker nach hieß er Willy Schuyler. Er versuchte, meine Hilfe abzuwehren.

»Genug, genug, alles in Ordnung.«

»Nein, nicht in Ordnung«, erwiderte ich. »Kommen Sie besser mit zur Toilette, damit ich Sie richtig säubern kann.«

»Nein, nein, *bitte*, lassen Sie mich.«

Ich hatte ihn von der Menge weggeschoben und sah in seinen Hundeaugen, wie es ihm dämmerte. Man konnte den Groschen fast fallen hören. Ich steckte das Taschentuch weg und knöpfte die Jacke auf, um ihn einen kurzen Blick auf die Smith & Wesson werfen zu lassen.

»Kommen Sie mit, Willy«, sagte ich. »Gehen Sie vor, ganz ruhig.«

»Scheiße.«

»Gesundheit, Kumpel.«

Unser Abgang zog ein, zwei neugierige Blicke von denen auf sich, die nahe genug standen, um den Zwischenfall zu beobachten, aber sonst schien niemand etwas zu bemerken oder zu beanstanden. Ich folgte ihm mit einem Schritt Abstand etwas seitlich versetzt durch die Menge und beobachtete ihn die ganze Zeit. Miss Palfreyman schaute von ihrem Schreibtisch auf.

»Oh, Sie gehen schon?« erkundigte sie sich.

»Uns ist gerade noch eine andere Verabredung eingefallen.«

»Was ist mit dem Mantel des Herrn?«

»Schon in Ordnung«, entgegnete ich. »Den holt er später ab.«

Ich glaubte nicht, daß er irgendwas vorhatte, aber ich durfte nicht nachlässig sein und ihn durch irgendeine Möglichkeit, die ich ihm bot, in Versuchung führen. Es ging nur ein Stockwerk hinunter, doch ich schob ihn in einen leeren Aufzug und nahm ihm die Pistole ab. Er guckte finster, wehrte sich aber nicht. Es war eine Walther PPK. Ich hatte mit einer Beretta gerechnet. Ich steckte die Waffe in die Tasche, als die Lifttür aufsurrte, und bedeutete ihm vorzugehen. Er lief friedlich durch die Hotelhalle. An der Tür zögerte er und sprach mich über die Schulter an.

»Es ist naß draußen«, sagte er.

»Ein bißchen Regen wird Ihnen wohl nicht schaden.«

Aber draußen blieb er unter dem Vordach stehen, und ich stieß ihn mit seiner eigenen Waffe an.

»Das ist nicht nötig«, sagte er. »Hören Sie, ich glaube, Sie sind vom SIS. Ich bin auch Profi, ich bin beim BND.«

»Sagen Sie bloß«, sagte ich. »Tatsache?«

Aber ich hielt inne. Er mußte die Wahrheit sagen, denn er mußte wissen, wie leicht das nachzuprüfen war. Gott, der BND. Der – Moment mal – *Bundesnachrichtendienst*, westdeutsches Pendant zu unserem DI6, verantwortlich für auswärtige Angelegenheiten. Das würde Charlie ungeheuer gefallen. Es würde ihn wahnsinnig machen. Wenn es etwas gab, was er haßte, dann war das ausländische Konkurrenz, die bewaffnet in England herumlief. Herr Uhde hatte einen schweren Gang vor sich.

»Mein Name ist Konrad Uhde«, sagte er.

»Gut, Konrad, auf geht's. Schaffen wir Sie den Hügel runter.« Ich trieb ihn über den Vorhof auf die Ripon Road hinaus, den Hügel hinab zum Parkplatz des Rathauses. Es war fast Viertel vor neun, der Zeitpunkt, den wir für den ersten Funkkontakt vereinbart hatten. Als wir am Old White Swan vorbeikamen, fragte ich mich, was McKenzie wohl gerade trieb. Wahrscheinlich war er drin und zeigte das Porträt von Uhde vor. Diese Runde ging an mich.

Der Regen war in ein scheußliches Nieseln übergegangen, eines von der durchdringenden Sorte, kalt, man wünschte sich, besser im Haus geblieben zu sein. Die wenigen Fußgänger, die wir sahen, bewegten sich schnell, unter Regenschirmen versteckt. Mein Haar war bald triefnaß, und kleine Rinnsale liefen mir in den Nacken. Ich merkte, daß ich bald würde niesen müssen, und bedauerte, daß ich meinen Mantel zurückgelassen hatte. Der Jaguar stand noch da, wo ich ihn stehengelassen hatte. Während ich nach den Schlüsseln suchte, drängte ich Uhde gegen das Vorderrad.

»Bleiben Sie in meinem Blickfeld«, sagte ich.

»Ich versichere Ihnen, daß ich nicht die Absicht habe –«

Als ich mich bückte, um die Tür aufzuschließen, brach er plötzlich mit einem erstickten Husten zusammen, knallte gegen den Kotflügel, und ich hörte das Klatschen, als ihn die zweite Kugel traf. Er zuckte und keuchte erneut, fiel auf die Knie und kippte zur Seite. In der gleichen Zeit hatte ich meine Smith & Wesson gezogen und mich flach auf den Boden geworfen, mitten in eine große, nasse Pfütze. Wahrscheinlich eine Pistole mit Schalldämpfer. Er hatte beide Kugeln in die Brust bekommen, die Schüsse mußten also aus der Richtung der Autos gekommen sein, die diesseits der Ripon Road parkten. Ich robbte auf den Ellbogen zum Kofferraum eines Ford Capri, ging mit der Magnum im Anschlag auf die Knie, um einen vorsichtigen Blick zu riskieren. Ich zielte in die ungefähre Richtung. Aber der Schütze hatte es nicht auf mich abgesehen. Oder falls doch, hatte er seine Absicht aufgegeben. Keine Menschenseele zu sehen. Seit dem zweiten Schuß mußte eine halbe Minute vergangen sein; genug Zeit, sich aus dem Staub zu machen. Um die Ecke, den Hügel rauf und wahrscheinlich ins Auto – ich wäre verrückt, wenn ich versuchen würde, einen Schatten zu jagen. Also steckte ich die Smith ein und lief zurück, um nach Uhde zu sehen. Als ich ihn sah, wußte ich sofort, daß er uns nie mehr erzählen würde, was ihn an diesen fremden Ort verschlagen hatte. Ich drehte ihn auf den Rücken. Seine blicklosen Augen starrten mich in stummer Anklage an: »Ich gehörte Ihnen, Sie hätten auf mich aufpassen müssen.«

Ich stand auf und holte mein Walkie-talkie heraus. Er war schon auf Sendung, seine Stimme zerriß meine trübselige Stimmung.

»Kommen, Farrow – over.«

»Charlie?«

»Warum zum Teufel sind Sie so spät dran?«

»Also, es ist so . . .« Ich erzählte es ihm schnell und einfach.

»Na, das ist großartig«, sagte er. »Sie hatten ihn, und haben ihn wieder verloren.«

»Sozusagen«, entgegnete ich. »Aber besser, es trifft ihn als mich.«

»Da bin ich mir nicht so sicher. Egal, bewegt euch hierher – hören Sie mit, McKenzie?« sagte er. »Zimmer 208, Grand Hotel.«

»Charlie, warten Sie«, sagte ich, »was ist mit unserem BND-Kunden?«

»Bringen Sie ihn mit«, sagte er. »Stecken Sie ihn in den Kofferraum.«

»Moment, jetzt warten Sie doch –«

»Tun Sie's einfach, Farrow«, unterbrach er mich.

Jock hatte natürlich alles mitgehört, und ich wartete, bis er auftauchte. Niemand kam vorbei, und wir hoben den armen Uhde in den Kofferraum, wobei uns – so hoffte ich – keiner zusah.

Vier Minuten später waren wir oben am Grand Hotel. Die Vorderseite meines Anzugs war ruiniert, und ein Managerassistent schritt eilig ein, als wir zu den Aufzügen gingen.

»Bitte? Kann ich Ihnen helfen?« Was er wirklich sagen wollte, war einfach: »Wer zum Teufel sind Sie denn, und wo wollen Sie hin?«

»Sind Sie Gast des Hauses?« fuhr er fort.

McKenzie schaltete sich blitzschnell ein. »Das ist schon in Ordnung«, sagte er eisig, »der Gentleman gehört zu mir.«

Wunderbar, was ein freches Mundwerk alles bewirken kann.

Das, die richtige Kleidung und dreihundert Jahre erlesenste Zucht. Der kleine Mann rang die Hände.

»Äh ja, natürlich, Sir. Ich bitte sehr um Entschuldigung.«

Der junge Jock ließ sich nicht zu einer Antwort herab, und wir gingen weiter zu den Aufzügen. Wir fuhren in den zweiten Stock, und ich klopfte an die Tür von Zimmer 208.

»Es ist nicht abgeschlossen, kommt rein.«

Der Raum auf der Vorderseite des Hotels war groß und hell. Charlie hockte auf dem Rand eines Bettes. Auf dem Hocker vor dem Ankleidetisch saß in sich zusammengesackt ein großer, blonder junger Mann in einem Anzug von Brooks Brothers. Er wirkte ein bißchen deprimiert. Wir sprachen nicht, bevor wir beide eingetreten waren und Jock die Tür geschlossen hatte.

»Das ist Tony Rossi«, begann Charlie.

»Hallo, Tony!« sagte ich.

»Tony gehört zu den Bösen.«

»Wirklich?« sagte ich.

»Ja. Er ist ein Freund von einem Freund von Ihnen.«

»Die Welt ist klein, Charlie«, sagte ich.

»Bringen Sie ihn ins Badezimmer, McKenzie, und legen Sie ihn in die Wanne. Er ist erschöpft.«

»Sehr wohl, Sir.«

»Wenn er brutal wird oder Lärm macht, ziehen Sie ihm einfach eins über.«

»Wie fest, Sir?«

»So fest Sie wollen«, erwiderte Charlie. »Er hat es verdient, er ist ein mieser kleiner Scheißkerl.«

»Nach Ihnen, Mister Rossi«, sagte Jock.

Ich wußte nicht, was Charlie mit ihm angestellt hatte, aber ins Bad ging er so folgsam wie ein Lamm. McKenzie schloß die Badezimmertür.

»Was geht hier vor, Chas?« fragte ich.

»Um Gottes willen, Farrow, Sie sind ja völlig verdreckt!«

»Und durchnäßt, und ich habe die Nase voll«, erwiderte ich. »Also lassen wir die Komplimente.«

»Wir haben einen Tip bekommen«, sagte er.

»Sie meinen, *Sie* haben einen Tip bekommen.«

»Was macht das für einen Unterschied?«

»Gut. Sie haben also den Arm um diesen Burschen gelegt –«

» – und ihn dazu gebracht, ein Telefonat zu führen.« Charlie sah auf die Uhr. »Ihr Freund wird wohl jeden Moment hier sein.«

»Und was passiert, wenn er hier ankommt?«

»Wir fragen ihn, wer davon weiß, daß er hier ist. Irgend jemand weiß es«, sagte er, »und ich will wissen, wer dieser jemand ist. Sobald er uns den Namen gesagt hat, können wir dort weitermachen.«

»Vorsicht«, sagte ich. »Wenn er unter dem Schutz unserer Leute hier ist, könnten Sie uns damit in Teufels Küche bringen.«

» *Unsere* Leute schützen niemanden. *Unsere* Leute, das ist die Sektion, Farrow.«

»Haben Sie das mit dem Boß geklärt?«

»Ich werde es hinterher mit ihm klären.«

»Das ist ja allerliebst«, murmelte ich. »Dieser verdammte Job wird immer schlimmer. Wir fangen an, den Leuten auf die Füße zu treten.«

»Bis wir fertig sind, werden wir auf mehr als nur Zehen treten.«

»Das meine ich ja«, sagte ich. »Wir werden vielleicht herausfinden, daß wir uns dabei übernommen haben.«

»Nicht Ihr Problem«, erwiderte er.

»Nicht? Hören Sie, Charlie, ich –«

»Pssst . . .«

Jemand hatte an die Tür geklopft. Charlie bedeutete mir, mich hinter die Tür zu stellen. Bevor er öffnete, zog er die S&W.

»Mr. Osmond?«

»Wa –«

»Kommen Sie rein. Reinkommen, sage ich«, rief Charlie.

Er ging rückwärts, und Toomey folgte ihm, wie von einem unsichtbaren Faden gezogen. »Hier geht's lang . . . Machen Sie die Tür zu, Marcus.«

»Natürlich, Charles«, antwortete ich.

Armer Toomey. Sein Leben war voller Überraschungen. Er erstarrte, drehte sich um, und als er mich sah, konnte er es nicht glauben.

»Wa-«

»Sagen Sie nicht immer ›wa-‹«, sagte Charlie. »Sonst glauben wir noch, Ihr Wortschatz sei damit schon erschöpft.«

»Schluß jetzt!«

»Gut«, sagte Charlie. »Das ist schon besser, nicht wahr, Farrow?«

»Definitiv eine Verbesserung«, bestätigte ich.

»Ich glaube, Sie beide sind sich schon begegnet«, sagte Charlie.

»O ja, verschiedentlich«, sagte ich, »er hat Sie übrigens angelogen, Charlie.«

»Nein!«

»Doch. Sein Name ist nicht Osmond, sondern Francis X. Toomey.«

»Nicht doch!«

»Es ist wahr. Großes Pfadfinder-Ehrenwort.«

»Nun denn. Setzen Sie sich, Mr. Toomey – nein, nicht auf das Bett, nehmen Sie sich einen Stuhl, das ist bequemer.«

Toomey gewann langsam seine Fassung wieder. »Hören Sie, was soll das?« sagte er. »Wozu die verdammten Ballermänner?«

»Dabei fällt mir ein«, sagte Charlie. »Farrow – würden Sie vielleicht mal nachsehen?«

»Aber gern«, antwortete ich. Ich stellte mich hinter Toomeys Stuhl, bückte mich über seinen Kopf und fuhr mit beiden Händen in seinen Mantel. Er trug eine 357er Magnum, ein Brüderchen unserer eigenen, in einem Schulterhalfter mit Federklammer. Ich zeigte sie Charlie und ließ die Trommel ausklappen. »Du liebe Güte, die ist auch noch geladen!«

»Ts-ts«, machte Charlie, »das sind schon zwei am selben Abend.«

»Ja – wo ist Rossi?« fragte Toomey.

»Er hat sich etwas hingelegt«, antwortete Charlie.

»Gott! Wenn Sie –«

»Nein, nein. Er ist bloß müde – nicht wahr, Farrow?«

»Vollkommen erschöpft, sozusagen«, bestätigte ich.

»Erschöpft vom Tragen einer schweren Waffe. Das ist illegal«, sagte Charlie. »Oder wußten Sie das nicht, Toomey?«

»Dann schreiben Sie mir einen Strafzettel«, sagte Toomey, »und bringen Sie mich zu Ihrem Häuptling.«

»Sie sehen ihn vor sich«, sagte Charlie.

»Soll das heißen, daß Sie für diese Knalltüte zuständig sind?«

»Ich glaube nicht, daß Sie das interessieren sollte.«

»Es interessiert mich sogar sehr«, sagte Toomey. »Ich habe mit dem Hurensohn noch ein Hühnchen zu rupfen.«

»Warum in aller Welt?« fragte Charlie.

»Er hat damals in Hamburg einen meiner Jungs verprügelt.«

»So ein Schwindler«, rief ich, »ich habe ihn mit keinem Finger berührt.«

Es war meine Handkante gewesen.

»Sie verdammter Lügner!«

»Nur weiter so.«

»Er ist überarbeitet, Charlie«, sagte ich. »Er weiß nicht, was er sagt.«

»Das weiß ich verdammt gut«, erwiderte Toomey. Er deutete mit dem Finger auf Charlie. »Und wenn Sie sich weiter mit diesem tumben Affen abgeben, geht Ihnen bald der Arsch auf Grundeis.«

»Was bedeutet das, Farrow?«

»Ich bin mir nicht sicher«, sagte ich, »aber ich glaube, es ist etwas Grobes.«

»Hoffentlich nicht. Wir sind nicht so für das Grobe.«

»Stimmt schon, das ist nicht vorgesehen.«

»Was ist das – so eine Art Komödie? Hört auf mit der Scheiße!«

»Also, das war wirklich grob«, stellte Charlie fest.

»Vulgär«, sagte ich.

Toomey schnaubte und schob sich hoch. »Ich habe jetzt genug von dem Quatsch. Sobald ich gesehen habe, daß mit Rossi alles in Ordnung ist, gehe ich.«

»Ach, gehen Sie doch noch nicht«, warf Charlie ein. »Wir hatten noch gar keine Zeit für ein richtiges Gespräch.«

»Aus dem Weg«, sagte Toomey.

Unser amerikanischer Vetter war entweder vollkommen unsensibel oder strohdumm. Er legte eine Hand auf Charlies Brust und versuchte ihn beiseite zu schieben. Genau darauf hatte Charlie gewartet. Ich hatte schon vorher gesehen, wie er Leute verprügelt hat, und wenn er mit Gefühl zuschlug, bedurfte es meist nur eines einzigen Hiebes. Dieser flog höchstens zwanzig Zentimeter durch die Luft, fast zu schnell, um sichtbar zu sein. Charlies geballte Faust verschwand regelrecht in seinem Mantelaufschlag und bohrte sich in Toomeys Magengrube. Ich zuckte vor Mitgefühl. Die Luft schoß aus Toomeys Lunge, sein fleischiges Gesicht lief braunrot an, und seine Augäpfel traten aus den Höhlen. Er umklammerte mit beiden Händen den Magen. Charlie trat zur Seite, damit er hinfallen konnte. Toomey krümmte sich auf dem Boden und unternahm gequälte Anstrengungen, Luft zu bekommen. Charlie stieß ihn mit der Schuhspitze an.

»Sehen Sie nur, wozu er mich gebracht hat«, sagte er traurig.

»Es war nicht Ihre Schuld«, entgegnete ich. »Ich hab's gesehen. Er hat Sie gezwungen.«

»Danke sehr, Farrow.«

»Es ist die reine Wahrheit, Charles«, sagte ich.

»Trotzdem, vielen Dank.«

»Es war mir ein Vergnügen.«

Toomey schnappte nach Luft. »Ihr Schweinehunde ... ihr Schweine ...«

»Hören Sie das, Farrow?«

»Ich fürchte, er fängt schon wieder an. Er flucht.«

»Was für böse Worte.«

»Er hat keine Manieren«, sagte ich.

Charlie machte einen Schritt über Toomey und bückte sich,

um ihn mit beiden Händen am Vorderteil seines dünnen Regenmantels festzuhalten. Er zog ihn vom Boden hoch, seine so um die zweihundert Pfund, warf ihn gegen die Wand und hielt ihn mit einer Hand aufrecht.

»Seien Sie jetzt höflicher«, sagte er, »sonst muß ich Sie schon wieder bestrafen.«

Toomeys Haß war größer als der Schmerz. »Ihr Schweine, wartet nur . . .«, sagte er.

»Möchten Sie warten, Farrow?«

»Keine Zeit, Chas«, erwiderte ich. »Wenn wir nicht bald hier wegkommen, machen die Kneipen zu.«

»Mein lieber Toomey«, sagte Charlie, »lassen Sie ihn bloß nicht seinen Drink verpassen, sonst kann er sehr häßlich werden.«

»Er ist jetzt schon häßlich«, sagte Toomey.

»Sie reden über meinen Kollegen!« Charlie schlug wieder zu, diesmal mit einem gräßlichen Nierenhaken, und Toomey wurde weiß. Er würgte, der Mumm wich ihm aus den Knien, und er rutschte die Wand hinab. Charlie zerrte ihn wieder in die Senkrechte und schüttelte mißbilligend den Kopf. »Ich glaube, Sie sollten sich entschuldigen.«

»Schon in Ordnung, Charlie«, sagte ich, »er hat es bestimmt nicht so gemeint.«

»Darum geht es nicht«, sagte Charlie. »Sie sind zu zart, zu weichherzig.«

»Ich weiß. Ich kann's nicht ändern.«

»Wie gut, daß Sie mich haben.«

»Das können Sie laut sagen.«

»Hören Sie –«, sagte Toomey.

»Wir hören schon die ganze Zeit«, entgegnete Charlie. »Bis jetzt hatten Sie noch nichts zu sagen.«

»Ihr redet besser mit Marshall.«

»Marshall? Wer ist das?« fragte Charlie.

Toby Marshall, früher Major beim Royal Corps of Signals, jetzt beim GCHQ. Das Gouvernment Communications Headquarters, unsere Version der NSA, des amerikanischen Amtes für nationale Sicherheit. Wir kannten den Major schon seit ewigen Zeiten. Er war nicht gerade einer von Charlies Lieblingen.

»Er meint den vom Marshallplan, Chas«, sagte ich. »Wissen Sie, den mit dem Leih- und Pachtgesetz, was wir 1941 im Krieg bekommen haben.«

»Ah, verstehe«, sagte Charlie. »Dann ist ja alles in Ordnung, nicht wahr?«

Nun, da wir den Namen hatten, ließ Charlie von Toomey ab. Unser Vetter glättete seinen Mantel. Er litt immer noch unter den beiden heftigen Schlägen, versuchte jedoch, das zu verbergen. Sein Gesicht war immer noch grau.

»Glauben Sie nicht, daß die Sache damit erledigt ist, Freundchen. Ich habe Ihre Nummer.«

»Wunderbar, dann können Sie uns anrufen. Vielleicht trinken wir mal einen Tee zusammen.«

»Okay, lästert nur. Was ist mit meinem Ding?«

»Was für ein Ding?« fragte Charlie.

»Er meint, er will seinen Revolver wiederhaben, Charlie.«

»*Den* kriegt er nicht mehr«, sagte Charlie, »er hat Glück, daß ich ihn nicht einbuchte. Kommt hierher und wedelt mit geladenen Kanonen rum!«

»Die haben einfach keinen Respekt«, sagte ich.

»Weg mit Ihnen, bevor ich es mir anders überlege.«

»Wo ist Rossi?« fragte Toomey.

»Er ist im Bad«, antwortete Charlie.

»Mit allen Kleidern«, ergänzte ich.

»O Gott! Wenn ihr Kerle ihn ...«

»Was?« sagte Charlie.

»Okay. Wartet nur ab!«

»Droht der uns, Farrow?«

»Nein, ich glaube nicht«, erwiderte ich. »Er ist nur ein bißchen verärgert, das ist alles.«

»Dann verschwinden Sie«, sagte Charlie. »Und Toomey –«

»Ja?«

» – Bleiben Sie weg von hier. Wenn ich Sie heute abend noch einmal sehe, werde ich ernsthaft böse.«

»Wartet nur«, sagte Toomey wieder.

Ich öffnete die Tür. Mit einem Arm seine Eingeweide haltend, stolperte er an mir vorbei. Ich trat hinaus und beobachtete, wie er in den Aufzug stieg. Als ich ins Zimmer zurückkam, war Charlie gerade bei einer seiner rituellen Nasenreinigungen. Drei Papiertaschentücher, jeweils ein frisches pro Nasenloch, das dritte für den großen Abschlußschneuzer. Er warf die verbrauchten Tücher in den Papierkorb, überprüfte seine Fingernägel und hob beide Hände, um sein Haar zu glätten.

»So, was jetzt?« sagte ich.

»Marshall«, sagte er, »diese Kröte.«

»Er tut nur seine Pflicht. Menwith fällt unter Communications, daher die GCHQ.«

»Wollen Sie mich über meinen Job aufklären, Farrow?«

»Nicht im Traum, Charlie«, erwiderte ich.

»Marshall spielt ein verdammt heißes Spiel. Er hätte es jemandem sagen sollen.«

»Bilden Sie sich nichts ein, wir sind immer die letzten, die etwas erfahren. Das haben Sie selbst oft gesagt.«

»Möglich. Aber deshalb muß es mir nicht gefallen.«

»Was haben Sie jetzt vor?«

»Ich sag es Ihnen, wenn ich fertig bin.«

»Dann können wir also nach Hause?« fragte ich.

»Sie und McKenzie nehmen den Rover. Lassen Sie mir die Schlüssel zu Ihrem Wagen.«

»Sie haben etwas vergessen, Charlie.«

»Ich habe nichts vergessen«, entgegnete er.

»Haben Sie doch. Der Jaguar hat einen Passagier.«

»Deshalb will ich ihn ja«, erwiderte er.

Bier ist ein äußerst wirksames Getränk. Es entspannt die Muskulatur der Kehle, es spült die Nieren und hält die Innereien in Ordnung. Manche Leute sagen, daß es gegen jedes Leiden hilft.

Ich hatte Lust auf ein schönes, schäumendes Halbes.

»Wollen Sie sofort Ihr müdes Haupt betten, Jock?«

»Nicht unbedingt sofort, Sir«, antwortete er.

»Gut. Ich glaube, ich führe noch die Hunde raus.«

»Das kann ich machen, wenn Sie möchten.«

»Versuchen Sie, ihre Zuneigung zu gewinnen?«

»Nein, Sir, überhaupt nicht.«

»Gut. Bleiben Sie nicht auf, um auf mich zu warten.«

»Werden Sie lange weg sein?«

»Nun, sie schließen um elf, und es geht auf halb elf zu.«

»Was, wenn Mister McGowan zurückkommt?«

»Was ist dann?«

»Nun . . . nichts.«

»Stimmt, nichts. Wenn Sie Lust auf Kakao haben«, sagte ich, »er steht im mittleren Küchenschrank.«

»Danke. Bis später«, sagte er.

Der Regen hatte aufgehört, und die Nachtluft roch frisch. Ich führte die Hunde an der Leine und lief in Richtung Pub, ohne Zeit zu verlieren. Als ich die Tür zum Schankraum öffnete, schlugen mir der großartige Geruch von Hopfen und die Hitze des Kaminfeuers ins Gesicht. Ich führte die Hunde unter die Bank in meiner üblichen Ecke, wo sie sich still und zufrieden ausbreiteten, um dort liegenzubleiben, während ich meinen Halben holte. Normalerweise hätte ich ein Gespräch mit meinem Wirt angefangen, aber die Hektik, die kurz vor der Polizeistunde ausbrach, hatte bereits angefangen. Ich ging also wieder zurück in meine Ecke. Der alte Fred Pickett kam herbei, um sich zu mir zu setzen.

»Tja dann, Mister Farrow.«

»Tja dann, Fred«, grüßte ich zurück.

»Geht's gut?«

»Nicht übel.«

»Können Sie ein paar Vögel brauchen?« Das letzte sagte er in verschwörerischem Murmelton.

»Ich sollte Sie eigentlich nicht ermutigen, Fred.«

Der alte Fred, weit über siebzig, war inoffizieller Ausstatter des landlosen Kleinadels mit Gemüse, Fisch und Wild. Er und sein lebenslanger Genosse Henry Locke hatten auf dem Downside-Anwesen gearbeitet und taten es sozusagen immer noch. Er war ein nußbrauner, drahtiger kleiner Teufel, rüstig und fit wie ein Turnschuh, mit großem Mutterwitz und viel Sinn für Humor. Er stieß mich mit dem Ellbogen an.

»Kommen Sie schon – bevor Stevens reinkommt.«

»Wieviel?«

»Drei Pfund zehn.« Er meinte drei Pfund fünfzig.

»Gerupft und ausgenommen?« fragte ich.

»Also, das weiß ich nicht. Meiner Frau ging's in letzter Zeit nicht gut.«

»Dann machen Sie es selbst«, schlug ich vor.

Er hatte gerade sein Glas austrinken wollen. Er senkte das fast leere Glas und schaute mich mit offenem Mund in einer Mischung aus Verblüffung, Schreck und Bestürzung an.

»Nein, nein, Mister Farrow – das ist Frauenarbeit!« sagte er.

»Also ich habe keine Zeit, es selbst zu machen.«

»Na gut«, lenkte er ein. »Dann macht es aber vier Pfund zehn.«

»Sagen wir vier.«

»Vier und ein Bier«, bot er.

Vier Pfund und 47 Pence. »Sie sind ein Scheißkerl, Fred«, sagte ich.

»Die Zeiten sind hart, Mister Farrow, man hat's nicht leicht.«

Ich gab ihm eine Fünfpfundnote. »Okay, bringen Sie sie vorbei.«

»Das sollte hiermit in etwa abgedeckt sein.«

Ich trank aus und reichte Fred mein Glas. Als er aufsprang und zur Theke ging, kam Jerry Stevens mit seinem rötlichbraunen Labrador herein. Ein tiefes Gemurmel unter dem Tisch, als meine beiden seine Witterung aufnahmen.

»Schluß jetzt, das reicht!« rief ich.

Stevens sah herüber und nickte. Ich hatte den Mann nie gemocht und spürte, daß das Mißfallen gegenseitig war. Ich nickte zurück, denn trotz allem waren wir schließlich Nachbarn.

Er schnippte nach seinem gelbäugigen Hund. Der hielt sich an seine Fersen, als er sich auf die Bar zubewegte, gerade, als die letzte Runde ausgerufen wurde.

Fred kam mit unseren randvollen Gläsern zurück.

»Auf Ihre Gesundheit, Mister Farrow«, sagte er.

»Prost, Fred. Ich hab gerade gesehen, wie Ihr Freund reingekommen ist.«

»Ja, ich hab's bemerkt«, sagte er. »Blöder Hund!«

»Vorsicht, er wird Sie noch hören.«

»Mir doch egal«, sagte Fred.

»Eines Tages kriegt er Sie noch.«

»Damit droht er mir schon seit zehn Jahren.«

»Und sein Boß ist Richter.«

»Der kann machen, was ihm Spaß macht. Was ist mit dem Gebinde?«

»Mrs. Tidy kommt freitags rauf. Geben Sie's der«, sagte ich. Es war halb zwölf, als ich zum Landhaus zurückkam, und ich hatte das Gefühl, einen erfüllten Tag hinter mir zu haben. Ich gab den Hunden ihren Gutenacht-Keks, brachte sie zu ihren Matten und ging herum, um die Fenster und Türen zu überprüfen. Jock lag in Decken eingewickelt auf dem Wohnzimmersofa ausgestreckt und schlief. Ich stieg leise die Treppe hoch. Ich hoffte, daß ich es bis zum Schlafzimmer schaffte, ohne daß mir jemand in die Quere kam. Aber Charlie hatte seine Tür offenstehen lassen, und arbeitete noch.

»Farrow? Kommen Sie rein.«

»Geht nicht, ich bin erschossen. Ich gehe ins Bett«, erwiderte ich.

»Wo sind Sie denn so lange gewesen, verdammt?«

»Wenn Sie's unbedingt wissen müssen, in der Kneipe.«

»So was dachte ich mir«, sagte er.

»Nun«, sagte ich, »jetzt wissen Sie es genau.«

»Es ist hoffnungslos mit Ihnen.«

Am nächsten Morgen mußte ich einen Kessel Wasser aufsetzen, bevor ich mich rasieren konnte, denn Charlie hatte wie üblich den Wasserboiler geleert.

»Das ist Ihre eigene Schuld«, kommentierte er. »Stehen Sie morgens früher auf.«

»Mein Gott! Es ist erst zwanzig nach sieben!«

»Ich bin seit halb sechs auf.«

»Wenn Sie nicht schlafen können, ist das Ihr Problem, Charlie – und wo ist Prinz Eisenherz?« fragte ich. »Auf Botengang, was?«

»Er ist mit Ihren Tieren raus«, antwortete er. »Wir haben heute keine Zeit zum Bummeln, also machen Sie schnell mit dem Frühstück. Ich möchte ein gekochtes Ei.«

»Sie kriegen Rührei wie Jock und ich.« Ich schlug sechs Eier in eine Schüssel. »Ich bereite keine verschiedenen Menüs zu.«

»Ihr Wagen muß in die Werkstatt«, sagte er.

»Das tut mir leid, Charlie.«

»Es ist auch fast kein Sprit mehr drin.«

»Was? Wie viele Meilen sind Sie denn letzte Nacht gefahren?«

»Lassen Sie ihn einfach volltanken.«

»Haben Sie Geld?«

»Machen Sie sich wegen des Geldes keine Sorgen«, erwiderte er. »Sie haben bekommen, was Ihnen zusteht.«

»Das werden wir ja noch sehen«, sagte ich.

Er hatte von irgendwoher einen Stapel Akten mitgebracht, und ich bat ihn, uns beim Frühstück zu instruieren, in der Hoffnung, daß ihn das bremsen würde. Aber sein Teller war schon lange vor unseren leer.

»Wollen Sie noch Toast, Jock?« fragte ich.

»Nein, will er nicht«, antwortete Charlie.

»Jock?«

»Äh . . . nein, danke – wirklich nicht«, sagte er.

»Also, ich nehme noch einen, bedienen Sie sich.«

»Herrgott noch mal!« rief Charlie.

»Hatten Sie nicht noch ein paar Telefongespräche zu führen?«

»Ja, und wenn ich die erledigt habe«, sagte er, »sollten Sie damit fertig sein, sich vollzustopfen.«

»Laß uns in Ruhe, Charlie«, antwortete ich.

Er blieb zwanzig Minuten am Telefon. Mir schauderte beim Gedanken an die Telefonrechnung. Aber als er zurückkam, war ich mit dem Frühstück wirklich fertig.

»Okay, ziehen Sie sich an«, sagte er. »Wir kümmern uns jetzt um die anderen Vettern.«

»Was bringt das, Chas?« fragte ich. »Rumfahren und Häuser angucken.«

»Fangen Sie keinen Streit an, verdammt«, entgegnete er.

»Kommt Jock mit?«

»Nein, der hat zu tun.«

»Welchen Wagen nehmen wir?«

»Wir fahren mit dem Rover.«

»Gut. Wenn er den Jaguar nimmt, kann er sich gleich um den Sprit kümmern.«

»Sprit, Sir?« fragte Jock.

»Ja, der Tank ist leer. Machen Sie ihn voll, Kumpel«, sagte ich.

So durchkämmten wir die andere Hälfte von North Yorkshire, und Charlie hakte in seiner Liste ab. Es war ein feuchter, schwüler Morgen, und ich hatte beim Fahren das Fenster heruntergekurbelt. Wir kamen an einem Feld vorbei, das frisch mit Jauche gedüngt war, und Charlie rümpfte die Nase. »Gott, was für ein Gestank!«

»Ein guter, gesunder Geruch, Chas – dabei fällt mir ein«, sagte ich, »was ist eigentlich mit unserem Freund Uhde?«

»Was soll mit ihm sein?«

»Ich will nicht, daß der arme Kerl mir den Jaguar vollstinkt.«

»Hören Sie mit dem Gewimmer auf«, sagte Charlie, »er ist schon beseitigt.«

»Dann ist es okay. Haben wir's dem BND erzählt?«

»Haben wir, und sie waren sehr kooperativ.«

»Woran hat er gearbeitet? Bestand ein Zusammenhang mit unserer bescheidenen Arbeit?«

»Anscheinend nicht«, sagte Charlie.

»Warum ist er dann Yannedis gefolgt?«

»Ist er gar nicht«, sagte Charlie. »Er kannte ihn überhaupt nicht. Es war wirklich purer Zufall.«

»Was hat er dann in Harrogate getrieben – sagen Sie nicht, daß er wegen der Messe hier war.«

»Nein, aber dadurch hatte er eine gute Deckung, und ich wette, nicht nur er. In der verdammten Stadt muß es vor Gespenstern nur so wimmeln.«

»Da haben Sie recht, Charlie.«

»Passen Sie auf, der Mercedes!«

»Ich habe ihn im Auge.«

»Geben Sie Gas«, sagte er, »überholen Sie den Blödmann.«

»Wer fährt hier eigentlich?«

»Fahren nennen Sie das?«

»Scheiße. Kommen wir auf Uhde zurück«, sagte ich. »Wenn er nicht wegen der Heilquellen hier war und auch nicht wegen der Messe, was zum Teufel hat er dann hier zu suchen gehabt?«

»Er hat dem BfV ausgeholfen.«

Eine weitere deutsche Truppe mit einem der üblichen zungenbrecherischen Namen. Das Bundesamt für Verfassungsschutz entspricht insofern unserem DI5, als seine Funktion auf innere Angelegenheiten beschränkt ist. Das Hauptquartier ist in Bonn, eine große Nebenstelle befindet sich in West-Berlin.

»Aha, jetzt wird es interessant«, sagte ich.

»Stellen Sie sich auf eine große Überraschung ein.«

»Inwiefern?« fragte ich.

»Insofern, als Ihr direkter Nachbar eine Schwester in Lodz hat.«

»Was – Lodz in Polen?«

»Ja, immer noch.«

»Welcher direkte Nachbar?« fragte ich.

»Der in dem großen Haus. Sir Anthony Sowieso.«
»Sir Anthony Sobers«, ergänzte ich.
»Er hieß mal Anton Sobieski.«
»Tatsache?« fragte ich. »Ich wußte, daß er ursprünglich Pole war, aber er lebt hier schon seit Methusalems Zeiten. Kurz nach dem Krieg kam er hierher und gründete hier eine Textilfirma. Irgendwo in der Gegend von Huddersfield.«
»Wie Kagan«, erinnerte Charlie.
»Ja, aber Wilson hat Kagan zum ›Lord‹ gemacht. Sobers ist nur ›Sir‹«.
»Was für ein Typ ist er, sind Sie ihm schon einmal begegnet?«
»Ach, Charlie«, antwortete ich, »wir bewegen uns in unterschiedlichen gesellschaftlichen Kreisen. Er verkehrt in den Kreisen der Hauptstadt, und ich verkehre im Schankraum der Dorfkneipe, sie konnten zusammen nicht kommen, das Wasser war viel zu tief. Ich kenne seinen Wildhüter, Jerry Stevens. Ein großer, häßlicher, elender Armleuchter, nicht sehr gesellig. Aber warum interessiert Sie das so?«
»Es hat ein bißchen Ärger gegeben. Er hat versucht, seine Schwester herauszuschaffen – nicht zum ersten Mal, wie's aussieht. Aber sein bis jetzt letzter Versuch hat ziemlichen Staub aufgewirbelt. Der Verfassungsschutz war darin verwickelt, und zwei seiner Leute sind außer Gefecht gesetzt worden. Man glaubt, daß es irgendwo ein Leck gibt.«
»Warum hat er sie nicht gleich zu Anfang mitgenommen?«
»Er glaubte, sie sei tot«, sagte Charlie, »wie der Rest der Familie, in Auschwitz. Aber sie war's nicht, sie schaffte es zu überleben, weil die Lagerwachen Verwendung für sie fanden.«
»Hat sie kollaboriert?«
»Nein. Sie war . . . nützlich, das war alles.«
»Schöne Beine und dicke Titten?«
»Wissen Sie, Farrow«, sagte er, »Sie haben eine Phantasie wie eine Kloake.«
»Überhaupt nicht, nur eine klare Art, mich auszudrücken.«
»Wenn ich etwas nicht ausstehen kann, dann ist es Unflat.«

Was seltsamerweise stimmte. Er konnte ohne Gewissensbisse jeden töten, der dem Vereinigten Königreich zu nahe kam, aber Zoten ekelten ihn an.

»Ja, das habe ich gemerkt, Charlie«, sagte ich. »Aber was hat das alles mit uns zu tun?«

»Darauf komme ich gerade«, entgegnete er. »Sobieski hat seiner Schwester Geld geschickt. Eine ganze Menge in all den Jahren. Der einzige Haken ist, daß sie es nicht bekommen hat.«

»Langfinger, meinen Sie?«

»Nein, keine Langfinger. Es hat die Parteifonds aufgefüllt. Die anderen waren von Anfang an mit von der Partie.«

»Wann war der Anfang?«

»1952. Und rate mal, wer diese goldene Pipeline gelegt hat.«

»Ich gebe auf, sagen Sie's mir«, bat ich.

»Ihr alter Freund Yannedis.«

»Das glaube ich nicht. Er hätte den anderen nie geholfen«, sagte ich. »Ich kenne ihn – kannte ihn –, er würde so was einfach nicht tun, Charlie.«

»Auch nicht für Geld?«

»Auch nicht für Geld.«

»Nun, irgend jemand hat das verbockt.«

»Aber hätte sie ihrem Bruder nicht sagen können, daß die Kohle nicht ankam?«

»Sie haben nicht zugehört, oder? Sie haben den Sir auf eine Fahrt mitgenommen, die Schwester manipuliert, und sich während der ganzen Zeit totgelacht.«

»Glauben wir, daß sie sie deshalb nie rausgelassen haben?«

»Nein, es geht nur um das Geld. Flüchtlinge sind nicht gut für ihr Image.«

»Aber ich verstehe immer noch nicht, wieso der BND in die Sache verwickelt ist.«

Charlie schnaubte. »Einfluß, und Gefälligkeit. Alte Kameraden. Sobieski hat höheren Orts Freunde, und wir haben beim BND noch was gut.«

»Auch ein paar tote Agenten?«

»Einer von unseren wird auch vermißt.«

»Ein ganz schön hoher Preis für eine alte Dame.«

»Das können Sie verdammt laut sagen!«

»Und wie kommen unsere Vettern in die Sache?«

»Man glaubt, daß die überhaupt nicht drin sind«, klärte mich Charlie auf. »Sie nehmen an, daß sie nicht die geringste Ahnung davon haben.«

»Glauben Sie das, Charlie?« fragte ich.

»Ich weiß es nicht. Es scheint keine Verbindung zu geben.«

»Aber Sie sind nicht zufrieden, oder?« sagte ich.

»Ich werde nicht eher zufrieden sein, bevor dieses ganze Gewirr aufgedröselt ist.«

»Unsere Vettern müssen Marshall irgendwas erzählt haben.«

»Aber ja. In Menwith Hill gibt's eine undichte Stelle.«

»Wirklich?«

»Machen Sie Witze?«

»Und warum sagt man *uns* nichts davon?«

»Weil Marshall, der Blödmann, sich mehr drum kümmert, aus dem GCHQ ein Empire zu machen, statt dafür zu sorgen, daß der Job anständig erledigt wird. Den schnapp ich mir noch, warten Sie's nur ab.«

Wir hatten vorgehabt, uns oben in Masham ein Haus anzusehen und waren auf dem Weg nach Wath. Charlie studierte die Karte und sah seine Liste durch.

»Warten Sie, Farrow«, sagte er, »fahren wir jetzt nach Menwith, schauen wir uns den Laden mal an.«

»Wir werden ohne Passierschein nicht sehr nah rankommen.«

»Gehen Sie so nah ran wie möglich«, sagte er, »und treten Sie aufs Gas. Sie fahren wie eine Tussi.«

»Tu ich das? Dann gib Küßchen!«

Darauf antwortete er nicht, und ich konzentrierte mich darauf, schneller zu fahren. Runter nach Kirby Malzeard und hinaus durch das Dallow Moor, begleitet vom Gewehrknallen der Jungs, die auf Moorhühnerjagd waren. Wir fuhren über die Pateley Bridge, dann schlängelten wir uns bergauf, zwischen

Treibhäusern durch. Der Frühnebel hatte sich aufgelöst, und wir hatten jetzt klaren Herbstsonnenschein; es war ein schöner, goldener Tag. Oben auf dem Grat sah ich hinunter auf den Dale: »Ein Augenschmaus, Chas. Wenn es stimmt, daß Yorkshire Gottes Werk ist, warum wohnt er dann woanders?«

»Lästern Sie nicht«, sagte er. »Wie weit noch?«

»Es taucht gleich auf, auf der linken Seite.«

Bald konnten wir die Schirme sehen, kleiner als die von Fylingdales, aber unendlich viel stärker. Die Kuppeln und Reflektoren mit der enormen Reichweite ragten aus dem Moor wie riesige futuristische Skulpturen, angestrichen in leuchtendem Silbergrau. Das tausend Morgen umfassende Grundstück lag ungefähr eine Meile von der Autobahn entfernt und war von einem hohen Zaun aus Kettengliedern umgeben. Zweifellos wurde er elektronisch überwacht. Die Zufahrten waren für sämtlichen Verkehr mit Ausnahme von autorisiertem Personal gesperrt. Im Vorbeifahren ging ich auf fünfzig runter.

»Genug gesehen, Charlie?« fragte ich. »Ihnen ist wohl klar, daß die uns auf dem Monitor haben.«

»Das ist mir gleich«, entgegnete er.

»Die haben uns komplett ausgespäht, einschließlich der Augenfarbe.«

»Die können ausspähen, was sie wollen«, sagte er.

»Sie werden uns vielleicht sogar einen Besuch abstatten.«

»Da wir von Besuchern reden«, sagte er, »ich glaube, wir fahren mal zu Sobieski.«

»Ist das klug?« wand ich ein.

»Was soll klug sein?«

»Sobers zu besuchen. Zu welchem Zweck?« fragte ich. »Der Boß ist doch damit einverstanden, oder?«

»Der Boß will es gar nicht wissen.«

»Er wird es früh genug erfahren, wenn Sobers ungemütlich wird. Dann geht der Ärger wieder los.«

»Wir überqueren die Brücke, wenn wir sie erreicht haben.«

»Sie sind ein echter Trost, Charlie«, sagte ich.

Das ältliche Hausmädchen gab sich große Mühe, seine Anweisungen zu befolgen, aber es hatte keine Chance. Charlie war über die Schwelle und in der Halle, bevor sie wußte, wieviel Uhr es war. Ich folgte ihm auf dem Fuße und schloß die große, schwere Tür hinter uns. Dadurch gewann sie wieder ihre alte Haltung zurück.

»Ich sage Ihnen doch, Sir Anthony darf nicht gestört werden!«

»Dann versuchen wir, es zu vermeiden«, antwortete Charlie.

»Was ist denn, Freda?« Die Frau, zu der die Stimme gehörte, war in einem der Flure aufgetaucht, die aus der breiten Halle führten. Das Mädchen drehte sich um, offensichtlich erleichtert. »Was geht hier vor?« fuhr die Frau fort.

»Es geht um diese beiden ... Personen, Madam.«

»Lady Sobers?« erkundigte sich Charlie. »Wir würden gerne Ihren Mann sprechen.«

»Mein Mann spricht mit niemandem ohne vorherige Terminabsprache.«

»Ich glaube, mit uns wird er sprechen«, sagte Charlie.

»Wirklich?« Lady Sobers schien gelangweilt. »Ich nehme an, dann kommen Sie besser herein.«

»Aber Madam –«

»Gehen Sie jetzt, Freda.«

Das große, luftige Wohnzimmer hatte großflächige Fenster und war mit einigem Stilgefühl eingerichtet, allerdings mit ein bißchen viel von allem. Drei um den Kamin gruppierte, überlange Sofas umrahmten einen niedrigen, schweren Tisch von ungefähr zwei Quadratmetern Größe. Er war mit einer Reihe von vornehmen Zeitschriften beladen.

»Oje, Freda hätte Ihnen die Mäntel abnehmen sollen.«

»Das ist schon in Ordnung«, erwiderte Charlie, »wir wollen uns nicht lange hier einnisten.«

»Bitte?«

»Wir werden nicht lange verweilen.«

»Ah, ich verstehe. Aber nehmen Sie doch Platz.«

Lady Sobers hätte jeden Alters zwischen fünfundvierzig und sechzig sein können. Sie war eine dieser verträumten englischen Rosen, die dank ihrer behüteten Umgebung erst sehr spät verblühen. Sie hatte helles, zartes Haar, hellblaue Augen und die bleiche, sanfte Pfirsichhaut, die schon vom bloßen Anschauen blaue Flecken bekommt. Sie war ziemlich groß, nicht untergewichtig, aber sie hatte etwas seltsam Substanzloses an sich, ein auf fast ätherische Weise einnehmendes Wesen, wie es bei Frauen seit den Zeiten von Clara Bow selten anzutreffen ist. Charlie ließ das anscheinend unbeeindruckt, deshalb sagte ich: »Danke sehr, Lady Sobers.«

Wir saßen auf dem Sofa vor dem Kamin, nur fünf Meter davon entfernt. Aber der große Haufen Holzscheite auf dem Rost diente nur dekorativen Zwecken. Geheizt wurde der Raum mit Hilfe anderer, unsichtbarer Heizmöglichkeiten. Mir wurde schnell zu warm, und ich knöpfte meinen Regenmantel auf. Lady Sobers beobachtete uns, so als warte sie geduldig darauf zu zeigen, daß sie amüsiert war. Charlie saß wortlos da, die angespannte Atmosphäre bemerkte er offenbar nicht. Ich versuchte gerade, mir etwas einfallen zu lassen, was man hätte sagen können, als ich auf ein Geräusch an der Tür hinter uns hin den Kopf drehte. Ich hätte sein Alter auf knapp sechzig geschätzt. Mittelgroß und schwer gebaut, mit einem mächtigen, kahlen Kopf, hufeisenförmig umsäumt von stahlgrauem Haar, das im Nacken kurz geschnitten war. Auf seiner Oberlippe noch mehr dieser Stoppeln, und viele auch über seinen Augen, die wütend funkelten. Er trug einen Anzug aus feinem Tweed, von der Sorte, die mit der Zeit immer besser wird, ein weiches Batisthemd und eine Krawatte mit eingewebten Fliegen, wie man sie zum Angeln benutzt. Seine schönen Budapester Schuhe glänzten wie frischgeöffnete Kastanien. Er stand einfach so im Flur, als sei er nur für einen Moment vorbeigekommen und wolle gleich wieder gehen.

»Was ist los, Liebling?« fragte er gereizt.

Lady Sobers deutete matt mit der Hand in unsere Richtung. »Da ist jemand für dich«, sagte sie.

Wir waren aufgestanden, und Charlie übernahm das Gespräch.

»Sir Anthony Sobers?«

»Ja. Wer sind Sie?« Seine Aussprache wie seine Manieren waren stark Upper-Class, stärker als bei einem echten Vertreter dieser Klasse.

»Was ist los? Was wollen Sie?«

Das war nicht der richtige Ton für den Umgang mit Charlie.

»Mein Name ist McGowan«, sagte er, »und das ist mein Kollege, Mister Farrow.« An meinem Nicken war nichts Vorwitziges oder Respektloses, aber Sir Anthony erwiderte es nicht. Er bedachte es bloß mit einem kurzen Seitenblick. Ich war nicht verletzt oder so. Ich hatte längst beschlossen, den Mund zu halten und Charlie den Job zu überlassen.

»Woher kommen Sie? Was haben Sie hier zu schaffen?«

»Es ist privat«, erwiderte Charlie.

»Privat! Was in Gottes Namen meinen Sie damit?«

»Wissen Sie, uns ist es gleich«, sagte Charlie.

Sobers zögerte, dann sagte er: »Würde es dir etwas ausmachen, Liebling ...?«

Die gnädige Frau erhob sich vom Sofa und schwebte aus dem Zimmer, ohne zu sagen, ob es ihr etwas ausmachte oder nicht. Sobers schloß die Tür, ging dann quer durchs Zimmer, blieb stehen und schaute uns an, den Rücken dem Feuer zugewandt. Mit erhobenem Kopf, breitbeinig, die Hände hinter dem Rücken verschränkt. Charlie hatte keine Anstalten gemacht, sich wieder hinzusetzen, also ließ ich es natürlich auch.

»Ich gebe Ihnen fünf Minuten«, sagte Sobers.

»Das reicht uns fürs erste«, antwortete Charlie. »Also – wann war Herr Uhde bei Ihnen, und was hatte er Ihnen zu sagen?«

»Wovon reden Sie, zum Teufel – und wer sind Sie überhaupt? Zeigen Sie mir irgendeinen Ausweis!«

Charlie ging zu ihm hin, wies sich aus und sagte: »Also, Konrad Uhde, westdeutscher Geheimdienst, BND.«

»Noch nie von dem Kerl gehört.«

»Er hat Sie nicht vor kurzem besucht?«

»Natürlich nicht! Warum um alles in der Welt sollte ein deutscher –«

»Schluß jetzt!«

»Ich muß doch sehr – wer ist Ihr Chef?« sagte Sobers.

»Ich stelle die Fragen, wenn's recht ist.«

»Es ist mir nicht recht«, entgegnete Sobers, »und Ihre unverschämten Manieren sind mir ebenfalls nicht recht.«

»Ihre Schwester«, sagte Charlie, »haben Sie in letzter Zeit von ihr gehört?«

»Das geht Sie wohl nichts an.«

»Oh, das tut es aber schon, nicht wahr, Farrow?«

»Ich denke doch, Sir, ja«, stimmte ich zu.

Sobers' Augen hatten eine Farbe wie Brackwasser, das man durch ein Einmachglas betrachtet. Er sah kurz in meine Richtung und dann wieder zu Charlie. Der gute Sir Anthony war kein Toomey und auch kein Yannedis. Er hatte einen Draht zu den Mächtigen, zu denen ganz oben.

»Es gibt Leute, mit denen ich diese Angelegenheit besprechen würde, aber Sie gehören nicht dazu. Ich werde Ihre Vorgesetzten kontaktieren.«

»Ihr letztes Wort?«

»Jawohl.« Sobers ging an uns vorbei und öffnete die Tür. »Und jetzt wünsche ich Ihnen einen guten Tag.«

»Sie können uns wünschen, was Sie wollen«, drohte Charlie, »aber Sie werden uns wiedersehen. Also überlegen Sie es sich.«

»Guten Tag!« erwiderte Sobers.

Charlie sagte nichts, bis wir beim Wagen waren. Dann fluchte er: »Verdammter Dickschädel, für wen hält der sich eigentlich?«

»Sie waren wirklich ein bißchen ruppig, Chas«, sagte ich. »Und, um die Wahrheit zu sagen, ich weiß nicht einmal genau, warum.«

»Das stinkt mir einfach, Farrow«, entgegnete er.

»Ja«, sagte ich, »das kann ich mir vorstellen.«

»Halten Sie die Klappe und fahren Sie los«, knurrte er.

Ich führte die Hunde aus, während Charlie sein zweites Bad nahm, und brachte sie gerade wieder zurück zum Haus, als der junge McKenzie aus dem Jaguar stieg. Er hatte einen zweiten, großen, braunen Umschlag bei sich.

»Was haben Sie denn da, Jock?«

»Irgendwelches Zeug für Mister McGowan.«

»Ich dachte mir, daß es nicht für mich ist.«

Charlie rief durchs Küchenfenster. »Rein mit euch beiden.«

»Die Stimme unseres Herrn, mein Freund.«

»Ja, Sir.«

»Hören Sie auf, mich Sir zu nennen.«

Wir gingen zu ihm ins Wohnzimmer. Ich spürte, daß er guter Laune war, und das nicht nur, weil er frisch gewaschen war.

»Kommt rein und setzt euch.«

»Sie sehen aus, als hätten Sie alles gelöst, Chas.«

»Einiges, ja«, antwortete er.

»Kommen Sie, seien Sie nicht so bescheiden.«

»Also, wenn ich auf euch beide gewartet hätte, würden wir ewig hier festsitzen.«

»Um Gottes willen.«

»Wie sind Sie weitergekommen, McKenzie?«

»Nicht schlecht, Sir«, antwortete Jock. »Ich habe die ganze Literatur über die Spielzeugmesse und eine ganze Menge Fotos.«

»Haben Sie ein paar anständige Bilder von den Iwans?«

»Nein, Sir, tut mir leid«, sagte Jock. »Die scheinen extrem kamerascheu zu sein.«

»Gut, sehen wir sie uns mal an – he, Farrow, wohin wollen Sie?«

»Ich hol mir einen kleinen Schluck«, sagte ich.

»Können Sie nicht die Finger von diesem verdammten Zeug lassen?«

»Das tu ich oft, Chas«, erwiderte ich, »aber wenn ich die Sonne so über dem Fluß schimmern sehe . . .«

»Sie ruinieren sich«, sagte er. »Jetzt setzen Sie sich hin und werfen einen Blick auf die Bilder hier.«

Es waren schwarzweiße, glänzende Kleinbildfotos von verschiedenen Männergruppen. Einige davon in der Messehalle aufgenommen, andere in verschiedenen Hotels. Ich erinnerte mich an einige Gesichter vom kalten Büffet im Cairn, aber das einzige Gesicht, das ich erkannte, war das von Uhde. Er stand mit drei anderen Leuten, darunter einem Japaner, zusammen und war sich offensichtlich nicht darüber im klaren, daß er fotografiert wurde.

Nachdem wir die Bilder studiert hatten, den ganzen Stapel, teilte Jock ein paar Exemplare des offiziellen Messeprogramms aus, Ausstellerlisten und allen möglichen Unsinn über ihre Produkte. Charlie tippte auf die Spalte »Unterhaltung«.

»Morgen ist ein großes Essen angesetzt«, sagte er. »Halten Sie sich bereit, Farrow.«

»Ich bin nicht eingeladen«, erwiderte ich.

»Wir brauchen ein paar gestochen scharfe Fotos von den Iwans.«

»Ah. Sidney Tulley«, sagte ich. »Das ist unser Mann, Chas. Er arbeitet für die Lokalzeitung. Als Chef – und einziger Fotograf.«

»Ein Freund von uns?«

»Sozusagen. Aber das kostet 'ne Kleinigkeit, Charlie.«

»Regeln Sie das«, sagte er.

»Ich rufe ihn morgen an.«

»Sie werden ihn sofort anrufen.«

»Es ist Viertel vor sieben, der wird nicht mehr im Büro sein.«

»Hat er etwa kein Zuhause?«

»Doch, aber ihn zieht's meistens in die Kneipe.«

»Gott! Ist das alles, woran ihr Brüder denkt?«

»An das, und an das andere«, sagte ich.

»Reden Sie keinen Blödsinn. Stöbern Sie ihn lieber auf.«

»Ich versuch's im ›King's Arms‹«, sagte ich.

Am Ende erwischte ich ihn im »Lamb and Flag«. »Sind Sie es, Sid? Mark Farrow hier ...« Der Lärm am anderen Ende war gräßlich. Die waren wohl gerade beim Feiern. Das Geheul der Musikbox konnte ich bei dem Gläserklirren und wegen der Lachsalven kaum hören. »... Farrow, hier ist Farrow«, rief ich.

»Hallo? Wer ist dort?«

»FARROW, verdammt noch mal!«

»Warum sagen Sie das nicht gleich?« brüllte er. Dann: »Ruhe, ihr verdammten Schreihälse!« und: »Was kann ich für Sie tun, Kumpel?«

Ich sagte ihm, daß ich ihn sprechen müsse, dringend.

»Klappt heute abend nicht, mein Freund. Wir haben hier ein kleines Besäufnis.«

»Was Sie nicht sagen, Sidney«, erwiderte ich. »Wie wäre es mit morgen früh?«

»Das geht auch nicht«, sagte er. »Da habe ich einen Auftrag, in Bedale.«

»Wann sind Sie dort fertig?«

»Oh, das wird wohl nicht lange dauern.«

»Sidney – um wieviel Uhr?«

»So um zehn rum.«

»Gut. Kommen Sie hinterher hier vorbei.«

»Was – Sie meinen, bei Ihnen zu Hause?«

»Ja. Es ist wirklich wichtig.«

»Okay, bis dann«, sagte er. »Wird ein bißchen zu früh sein, als daß man ein Gläschen miteinander trinken könnte.«

»Seit wann stört Sie das?«

Ich legte in sein dröhnendes Lachen hinein auf und streckte meinen Kopf durch die Wohnzimmertür.

»Er kommt hierher, morgen früh.«

»Glauben Sie, daß er es schafft?«

»Wenn die Iwans zu dem Essen kommen, ja.«

»Die werden bestimmt da sein«, sagte Charlie. »Sie wollen ihre Tarnung aufrechterhalten.«

»Gut, ich füttere noch eben die Hunde.«

»Lassen Sie das McKenzie machen.«

»Ich würde lieber –«

»Setzen Sie sich, Farrow.«

»Nicht zu viele Biskuits, Jock. Sie werden viel zu fett.«

McKenzie grinste, als er an mir vorbeiging. Ich boxte ihm scherzhaft in die Rippen und beneidete ihn um seine schnellen, jugendlichen Reflexe. Er hätte meine Faust fast abgeblockt. Charlie polierte seine makellosen Brillengläser.

»Dieser Laden, Number Six«, fing er an, »wie lange brauchen wir bis dorthin?«

»Sonst geht's Ihnen aber gut, Chas?« erwiderte ich. »Haben Sie eine Vorstellung von den Preisen dort?«

»Seien Sie nicht albern«, sagte er. »Wir gehen ja nicht zum Essen hin, wir machen nur einen Besuch.«

»Das hätte ich mir denken können«, sagte ich. »Bißchen in den Reservierungen von Dienstag rumwühlen?«

»Hat's endlich gedämmert?«

»Ich bin ja nicht unbedingt blöd, mein Lieber. Wenn nicht Konrad Yannedis auf den Fersen war, dann war es jemand anders – korrekt?«

»Nicht vollständig, nein«, entgegnete er. »Dieser Jemand könnte auch Konrad beschattet haben.«

»Und hat den Griechen zufällig entdeckt?«

»Irgendwer hat mit Kanonen auf Spatzen geschossen. McKenzie hat Yannedis observiert, und so was macht er ziemlich gut. Wenn da jemand anderes auf Yannedis angesetzt gewesen wäre, hätte unser junger Freund das gemerkt.«

»Wer auch immer Uhde verfolgt hat, glaubte also, daß Yannedis ihm auch auf der Spur war, und hat promt etwas dagegen unternommen.«

»Ja. Zum Beispiel um herauszukriegen, warum. Aber Yannedis konnte es nicht sagen, denn er wußte es wirklich nicht. Also hat man versucht, es aus ihm rauszuprügeln. Bei dem Versuch gingen sie zu weit, weil er vorher schon –«

»Sprechen Sie's nicht aus!«

»Was ist los mit Ihnen?«

»Sprechen Sie's einfach nicht aus, Charlie.« Ich stand auf, um mein Glas nachzufüllen. »Und sparen Sie sich auch jeglichen Kommentar.«

Er seufzte und schüttelte den Kopf. »Meine Güte, es wird immer schlimmer mit Ihnen.«

»Ach, leck mich«, entgegnete ich.

Er beobachtete mich ruhig. »Können wir jetzt weitermachen?«

»Das ist nicht nötig, oder?« fragte ich. »Die setzten die Verfolgung Uhdes fort, und als sie ihn mit mir zusammen sahen, beschlossen sie, ihn lieber aus dem Weg zu räumen.«

»Bis hierhin ist es simpel. Aber warum?«

»Sie glaubten, er würde mir etwas erzählen. Sie vielleicht auffliegen lassen.«

»Das ist richtig.«

»Es ist vielleicht an der Zeit, noch mal mit den Kameraden vom BND zu reden.«

»Keine Gespräche mehr. Das regeln wir selbst.«

»Wir könnten eine Menge Zeit sparen.«

»Wir schulden niemandem einen Gefallen. Außerdem ist er hierhergekommen und hat mit Kanonen rumgewedelt.«

»Gewedelt hat er nie damit«, widersprach ich.

»Egal. Er hat bekommen, was er verdient hat.«

»Ja? Und wie ist das mit uns?« fragte ich. »Wie oft hatten *wir* Waffen –«

»Darum geht's nicht«, unterbrach er mich.

»Ja, klar«, sagte ich. Streiten war zwecklos. »Was gibt es zu futtern? Essen wir hier, oder gehen wir aus?«

»Hier, bevor wir aufbrechen. Was Schnelles, nur ein Sandwich.«

»Moment mal, ich bin hungrig«, erwiderte ich.

»Herrgott! Sie können nachher was essen!«

»Wonach?« fragte ich.

Der aalglatte Manager vom Number Six war groß und elegant. Er war, wie meine Mutter gesagt hätte, wie aus dem Ei gepellt. Er warf einen Blick auf Charlies Marke und drängte uns schnell in sein kleines Büro. Ich glaube, er hatte Angst, wir könnten seine Gäste verjagen.

»Sie kommen zu einer ungünstigen Zeit«, sagte er. »Wir sind mitten in der Hauptgeschäftszeit.«

»Wir auch«, sagte Charlie.

»Das stimmt«, ergänzte ich, »und wir hatten auch noch kein Dinner.«

»Ich verstehe«, sagte der Manager. »Was kann ich also für Sie tun?«

»Die Reservierungsliste von Dienstag abend, geben Sie uns die«, sagte Charlie.

»Oh, aber ich kann Sie Ihnen nicht mitgeben!«

»Keine Panik«, sagte Charlie. »Wir wollen nur einen Blick hineinwerfen, das ist alles.«

»Ich hole sie«, sagte der Manager.

Er war nach ein paar Minuten wieder zurück und blätterte in einer Art Tagebuch.

»Dienstag ... Dienstag ... ah ja, hier ist es.«

Charlie nahm ihm das Buch aus der Hand, überflog die handgeschriebenen Namen und stieß mit seinem manikürten Fingernagel auf eine der Seiten.

»Diese beiden Clowns«, sagte er, »Mister Vasso und Mister Rykow, Tisch fünfzehn. Ich möchte mit dem Kellner sprechen, der sie bedient hat.«

»Aber jetzt ist gerade am meisten los!«

»Das haben Sie bereits gesagt.«

»Ich kann doch nicht einfach –«

»Doch, Sie können. Je schneller Sie ihn herbringen, desto eher kann er weiterbedienen.«

Es gab ein kurzes Blickduell, in dem der Manager unterlag. Als er davoneilte, gab mir Charlie das Buch. »Schreiben Sie diese Namen ab.«

»Alle?«

»Ja, die ganze Liste.«

Ich setzte mich an den Schreibtisch des Managers, nahm seinen Füllhalter und ein Blatt Papier. Als der Besitzer zurückkam, hatte er eine hübsche junge Kellnerin im Schlepptau. »Das ist Miss Gosney«, sagte er.

»Danke«, sagte Charlie, »das ist alles.«

»Aber –«

»Und machen Sie die Tür zu«, kommandierte Charlie.

»Nun, Miss Gosney –«

Sie lächelte verschmitzt. »Eigentlich Missis. Miss nur hier während der Arbeit.«

»Ich verstehe – Farrow, geben Sie Mrs. Gosney Ihren Stuhl.«

»Nein, danke, ich bleibe stehen«, wehrte sie ab. »Ich kann nicht lange bleiben, wir haben sehr viel zu tun.«

»Das habe ich gehört«, sagte Charlie. »Versetzen Sie sich in Gedanken mal zum Dienstag abend zurück. Haben Sie da an Tisch fünfzehn bedient?«

»Ja, da bediene ich regelmäßig.«

»Die Leute, die Sie bedient haben – können Sie sich erinnern, wie die aussahen?«

»Die sind kaum zu vergessen. Die haben mir kein Trinkgeld dagelassen.«

»Dort, wo die herkommen, ist es verboten, Trinkgelder zu geben.«

»Ich dachte mir, daß es Ausländer waren, obwohl ihr Englisch sehr gut war.«

»Ja, wahrscheinlich. Können Sie sie für uns beschreiben?«

»O ja, das ist einfach«, sagte sie. »Sie sahen genauso aus wie Pat und Patachon.«

»Pat und Patachon?« fragte Charlie.

»Ja, Sie wissen doch, die aus dem Fernsehen.«

»Komiker, Charlie«, half ich.

»Außer, daß der Große größer war und nicht so dick.«

»Wie groß?« fragte Charlie. »Stehen Sie auf, Farrow – so groß wie er?«

»Ja, fast«, sagte sie. »Aber jünger, obwohl – er sah nicht so gut aus.«

»Danke, Mrs. Gosney«, sagte ich.

Sie warf mir ein kokettes Lächeln zu, und Charlie runzelte die Stirn. »Und der andere?« fragte er.

»Der war älter, so um die Sechzig, würde ich sagen. Das Gesicht voller Runzeln, wissen Sie? Klein war er und dünn. Nicht viel größer als ich. Das war der Mann namens Vasso.«

»Wieso erinnern Sie sich an den Namen?«

»Ich habe die Rechnung überprüft, gleich nachdem sie gegangen waren.«

»Warum das?« fragte Charlie.

»Wie ich Ihnen sagte, sie haben mir kein Trinkgeld gegeben. Ich wollte nachsehen, ob sie das Bedienungsgeld bezahlt hatten.«

»Verstehe«, sagte Charlie. »Erinnern Sie sich an sonst noch etwas?«

»Nein, eigentlich nicht«, sagte sie.

»Macht nichts, Sie waren uns eine große Hilfe.«

»Kann ich dann gehen?« fragte sie.

»Ja, danke sehr. Und, Mrs. Gosney –«

»Was?« Sie drehte sich an der Tür um.

»Bitte erzählen Sie das hier nicht rum, okay?«

»Nein, tu ich nicht«, sagte sie. »Kommt das in die Zeitungen?«

»Ich hoffe nicht«, erwiderte Charlie.

Unser Stützpunkt in Harrogate lag etwas abseits der Duchy Road. Das Haus stand auf einem Grundstück von einem halben Morgen in einem üppigen Garten, unverdächtig zwischen den Nachbarhäusern und hübsch umschlossen von umsichtig gepflanzten Nadelbäumen. Das Tor stand in spitzem Winkel zur Straße. Seine beiden Steinsäulen standen eng beieinander, so daß das Einfahren im Dunkeln zu einer schwierigen, heiklen Angelegenheit wurde. Der Stil des Hauses war solide viktorianisch, typisch für die von den Neureichen aus Leeds und Bradford erbauten Einfamilienhäuser.

Für Neugierige aus dem Ort ist es inzwischen sinnlos, die Identität des Hausbesitzers ergründen zu wollen. Es war bald danach an einen vollkommen unverdächtigen irischen Kinderarzt verkauft worden, der später nach Leeds gezogen war.

Sie waren offensichtlich auf unsere Ankunft vorbereitet, denn als der Rover sanft über die kurze, kieselbedeckte Einfahrt knirschte, ging über der Veranda ein Licht an. Als wir alle aus dem Wagen gestiegen waren, sahen wir die Umrisse der gebeugten Gestalt eines großen Mannes in der Tür. Niemand sagte etwas, und er trat zur Seite, um uns vorbeizulassen. Wir standen in der Diele mit Parkettfußboden, die das Haus offensichtlich in zwei Hälften teilte. Als er die Tür hinter uns geschlossen hatte, wies er uns in ein Zimmer zur Linken.

»Geben Sie mir Ihre Mäntel.«

Er war, wie ich dann sah, nicht jung.

Wahrscheinlich hatte man ihn aus dem Feld genommen und für den Rest des Weges bis zur Rente mit der Ausübung eines Schreibtischpostens betraut. Die fahlen, dünnen Linien seines Gesichts waren tief eingeschnitten. Er trug sein langes, schmierig aussehendes Haar aus der hohen Stirn gekämmt. Es fiel in Strähnen bis über die Ohren und verdeckte die Bügel seiner Hornbrille. Als er nach meinem Regenmantel griff, bemerkte ich die Nikotinflecken an seinen Fingern. Seine Strickjacke war voller Glutlöcher. Als er sich mit unseren Mänteln in die Diele zurückzog, schaute ich mich in dem Raum um. Er war groß, quadratisch, die Fenster in den beiden Außenwänden waren mit dicken, alten lila Vorhängen verhängt; der einst schöne Kamin war rundum mit dunkel glänzenden Kacheln gefliest. Darüber befand sich ein Rauchfang, mit Mahagoni verkleidet, in den ein ovaler Spiegel eingefügt war. Der große, alte Orientteppich war ausgeblichen und abgewetzt, hier und da schon fadenscheinig, und der Läufer vor dem Kamin war gespickt mit Brandlöchern. Das Haus wirkte traurig und klamm, als sei es verlassen worden, um später von Leuten übernommen zu werden, die kein Interesse an seiner Erhaltung hatten. Als unser trauriger Gastgeber wieder zu uns stieß, hing ihm eine filterlose Zigarette im Mundwinkel. Er schielte durch den Rauch, zuerst nach McKenzie, dann nach mir, bevor er seinen etwas fragenden Blick auf Charles richtete.

»Nun, Charles?«

Charlie nickte uns abwechselnd zu. »Farrow«, sagte er, »und McKenzie. Das ist Jack Denvers.«

Es schien, als sollte es kein Händeschütteln geben, nur ein weiteres gegenseitiges Nicken. Denvers' Nicken löste ein

Aschewürmchen von seiner Zigarette, und er strich über seine Krawatte, als sei es eine alte Gewohnheit.

»Setzen Sie sich doch«, sagte er. »Möchten Sie vielleicht einen Drink?«

»Nein«, antwortete Charlie. »Wo zum Teufel ist Marshall?«

»Er ist noch nicht angekommen.«

»Das sehe ich«, entgegnete Charlie. »Was hat dieser Bastard vor, Jack, wissen Sie das?«

»Nicht mehr als das, was ich Ihnen schon gesagt habe. Wir genießen nicht das uneingeschränkte Vertrauen unserer Kollegen vom GCHQ.«

»Möglicherweise nicht, aber das werden wir noch.«

»Das bezweifle ich«, sagte Denvers, »sie agieren in dieser Sache sehr zugeknöpft.«

»Den Blödmännern werd ich's geben«, sagte Charlie.

»Etwas mehr Takt, Charlie – Moment, da kommt er gerade.«

Irgendwo war ein Summer zu hören gewesen. Denvers verließ das Zimmer, und wir hörten, wie die Haustür klappernd geöffnet wurde. Charlie führte seinen üblichen Säuberungs-Ritus durch.

»Das Reden besorge ich.«

»Das ist aber mal eine Abwechslung«, erwiderte ich. Toby Marshall trat ein mit dem ihm eigenen bombastischen Gehabe und baute sich in der Tür zum Flur vor uns auf. Den Kopf erhoben, die Schultern zurückgereckt, die lange, schmale Nase leicht gerümpft, als habe jemand seine Duftmarke hinterlassen. Er trug seinen üblichen Offiziersmantel, einen graukarierten Prince-of-Wales-Anzug, einen weichen, braunen Filzhut und die Krawatte mit dem Wappen seines Regiments. Seine schmalen, grünen Augen wanderten von einem zum anderen, und er spielte mit seinem kurzgeschorenen Schnurrbart. Als niemand von uns etwas sagte oder aufstand, um ihn zu begrüßen, sagte er:

»Ah, McGowan.«

»Major, geben Sie mir Ihren Mantel.«

»Nein, danke, Denvers«, sagte Marshall, »ich habe nur ein paar Minuten Zeit.«

»Fangen wir also gleich an«, sagte Charlie.

Marshall setzte sich auf eine Stuhllehne. »Und wer sind unsere Freunde hier?« erkundigte er sich.

»Das ist Mister McKenzie, und Mister Farrow kennen Sie bereits.«

»Ach ja, stimmt«, antwortete Marshall. Ich mochte die Art nicht, in der er das sagte. »Müssen wir sie dabeihaben, um –«

»Ja, das müssen wir.«

Marshall seufzte. »Na prima. Was wollen Sie wissen?«

»Alles«, sagte Charlie.

»Alles?«

»Sie haben es ja gehört.«

»Ich habe meine Anweisungen, McGowan.«

»Wir auch«, erwiderte Charlie, »und wir sind nicht hierhergekommen, um uns verscheißern zu lassen.«

»Ich bin nicht sicher, ob ich verstehe, was Sie meinen.«

»Sie wissen verdammt gut, was ich meine«, entgegnete Charlie. »Sie wissen, daß unsere amerikanischen Vettern hier waren, und sie wußten –«

»Unsere Vettern waren schon immer hier. Sie haben hier mehrere Leute eingesetzt, mit unserem Wissen und Einverständnis.«

»Ich meine nicht die Agenten«, sagte Charlie. »Ich meine Toomey und Rossi. Die Killer. Die verdammten schweren Jungs, komplett ausgestattet, einschließlich ihrer schweren Artillerie.«

»Da wir gerade darüber reden«, warf Marshall ein, »es wird gewünscht, daß Sie denen ihre Pistolen zurückgeben.«

»Kein Gedanke daran«, sagte Charlie. Marshall zuckte die Schultern und antwortete nicht. »Noch was«, fuhr Charlie fort, »wußten Sie, daß Toomey einen freien Mitarbeiter angeheuert hatte?«

»Einen freien Mitarbeiter? Nein«, sagte Marshall.

»Darüber sollten Sie aber verdammt im Bilde sein!«

Marshall wurde rot. »Das sind wir. Wieso sind *Sie* so sicher, McGowan?«

»Ich habe nie behauptet, daß wir sicher sind«, erwiderte Charlie. »Was ist mit dieser undichten Stelle in Menwith? Wie lange geht das schon so?«

»Drei, vier Monate. Vielleicht schon länger.«

»Und Sie haben das alles für sich behalten.«

»Es ist unsere Abteilung, oder nicht?«

»Alles schön vertuschen, was?«

»Nein!«

»Sie haben gehofft, daß unsere Vettern das regeln würden, nicht wahr?«

»Das muß ich mir nicht anhören!«

»Doch, das müssen Sie, sonst wären Sie nicht hier. Erzählen Sie uns alles über die Vettern, die angesetzt sind.«

»Das ist Angelegenheit des GCHQ.«

»Jetzt ist es auch unsere Angelegenheit«, sagte Charlie. »Oder hat man Ihnen das nicht klargemacht?«

»Man hat mir nur gesagt, daß ich mit Ihnen kooperieren soll.«

»Das können Sie sich sonstwohin stecken«, erwiderte Charlie. »Sagen Sie uns einfach, was wir wissen wollen, dann können Sie abzwitschern und sich Ihre Kooperation an den Hut stecken.«

Ich konnte fast schmecken, wie Marshall die Galle hochkam. »Ich muß wissen, was gespielt wird«, sagte er, »ich muß wissen, was los ist.«

»Dann sagen Sie Ihrem Boß, er soll meinen Boß fragen. Wenn Ihr Boß es Ihnen dann sagen will ...«

»Moment mal, McGowan!«

»Welche der Vettern wurden angesetzt?« fragte Charlie wieder.

»Bleiben Sie weg von denen, verstanden?«

»Das können wir nicht«, erwiderte Charlie, »wenn wir nicht wissen, wer sie sind – stimmt's?«

»Sie dürfen nicht angetastet werden!«

»Ihre Namen«, sagte Charlie. »Alle.«

»Powers, Brennan, Styles und Autry.«

»Sind das alle?«

»Ja, alle.«

»Oder sind das nur die, von denen man Ihnen was gesagt hat?«

»Also –!«

»Ist gut, beruhigen Sie sich. Haben Sie schon irgendwelche Anhaltspunkte?«

»Noch nicht, dazu ist es noch zu früh.«

»Zu früh, Scheiße! Wie lange sind die denn schon hier?«

»Powers drei Jahre«, berichtete Marshall. »Die anderen ungefähr zwei.«

»Sind Sie da sicher?«

»Natürlich. Wollen Sie es schriftlich haben?«

»Wir wollen Sie nicht aufhalten.«

»Was meinen Sie damit?«

»Sie sagten, Sie seien in Eile. Wir wollen Sie nicht aufhalten.«

Marshall sprang auf die Beine und war blitzschnell ohne ein Abschiedswort aus dem Zimmer verschwunden. Denvers folgte ihm, um ihn hinauszubegleiten. Wir hörten die Geräusche an der Tür, dann das wütende Knirschen des Kieses unter den Autoreifen. Denvers kam lachend und hustend zurück.

»Sie sind ja ein richtiger Wilder, Charles«, sagte er. »Nach dieser Geschichte haben wir uns wohl einen Drink verdient.«

»Nein, danke.«

»Ja, bitte«, sagte ich. »Ich nehme einen Scotch mit Wasser.«

Charlie funkelte mich an. »Ich habe Ihnen doch gesagt, Sie sollen sich bremsen, Farrow.«

»Das mach ich auch«, erwiderte ich, »aber ich muß ja erst einmal anfangen, damit ich das kann, Charlie.«

»Sie, Jock?« fragte Denvers.

»Äh, nein, danke, Sir«, wich McKenzie aus.

»Er trinkt trockenen Wermut«, sprang ich ein.

Denvers sah schockiert aus. »Das gibt's doch nicht!«

»Er kann nichts dafür«, erklärte ich. »Er ist in einem Schloß aufgewachsen.«

»Ah, ich verstehe«, sagte Denvers.

»Hört mal«, fiel Charlie ein, »wenn ihr mit euren Kindereien fertig seid . . .«

»Gleich wieder da«, sagte Denvers. »Wir lagern die Sachen in der Küche.«

»Beeilen Sie sich«, sagte Charlie.

Eins mußte man Denvers lassen: Er führte einen anständigen Stützpunkt. Er hatte Malt-Whisky, und er war nicht geizig damit.

»Ah, wunderbar. Prost, Jack«, sagte ich.

»Auf Ihre Gesundheit.« Er nahm einen kräftigen Schluck, zündete eine neue Zigarette an und wandte sich Charlie zu. »Ich habe Neuigkeiten für Sie, Charles.«

»Über die Schwester von Sobieski?«

»Ja. Sie wurde wieder in die Klapsmühle gesteckt.«

Die Einzelheiten der Geschichte konnten einen wirklich wütend machen. Es wurde einem schnell klar, daß Katya Sobieski über enormen Überlebenswillen verfügen mußte. Nachdem sie die Schrecken von Auschwitz überlebt hatte, hatte sich eine jüdische Freiwilligenorganisation um ihre Pflege gekümmert, die sie langsam wieder in einen gesundheitsähnlichen Zustand hochpäppelte. Sobald sie sich einigermaßen erholt hatte, schloß sie sich einer Untergrundgruppe an, die für die Menschenrechte kämpfte. Prompt wurde sie vom neuen Regime als Parteifeind eingestuft. Sie wurde ständig überwacht und belästigt.

Im Vergleich dazu hatte Anton Glück gehabt. Als arbeitsfähiger junger Mann wurde er 1943 nach Norden zur Zwangsarbeit in die Kohlenbergwerke von Grudziaz geschickt und geriet ein paar Jahre später in die riesige Menschenflut, die Bugwelle, die der Vormarsch der Russen vor sich her trieb. Sein Gesundheitszustand verschlechterte sich. Er wurde zum Vertriebenen, zum Niemand.

Er machte sich auf, die mehreren hundert Meilen in Richtung Süden nach Warschau zu marschieren. Er lebte von rohen Kartoffeln und Rüben, die er auf den Feldern stahl. Eines

Nachts versuchte er, vom Hunger getrieben, in einem russischen Feldlager Abfälle zu stehlen. Seine Situation wurde noch komplizierter, als er den Posten verletzte, der ihn dabei auf frischer Tat ertappt hatte. Er wurde zu Zwangsarbeit auf unbegrenzte Zeit verurteilt und in ein Lager nach Kaliningrad geschickt, dem vorherigen Königsberg, zwanzig Meilen hinter der russischen Grenze. Seine Fluchtgelegenheit ergab sich drei Jahre später, 1948, als er mit einer Arbeitsgruppe nach Baltyisk geschickt wurde, einem kleinen Ostseehafen, um eine Ladung Bauholz abzuladen. Mit zwei anderen zusammen stach er mit einem kleinen, lecken Segelboot in See. Sie hofften, die kleine dänische Insel Bornholm zu erreichen.

Die Jahreszeit war ungünstig, und da keiner von ihnen etwas von der Seefahrt verstand, war das Unternehmen von vornherein zum Scheitern verurteilt. Ein heftiger, baltischer Sturm trieb sie weit vom Kurs ab und drohte ständig, ihr kleines, seeuntaugliches Boot zu versenken. Sie hatten nichts zu essen, wenig Wasser, und sie waren alle in schlechter körperlicher Verfassung. Als sie am neunten Tag ein schwedisches Fischerboot aufnahm, war es schon zu spät. Einer von ihnen war bereits tot, der zweite überlebte die folgende Nacht nicht. Von den drei Ausbrechern überlebte nur Sobieski.

Aber schließlich fanden die Entbehrungen ein Ende. Er wurde von einer der zahlreichen schwedischen Organisationen betreut, die während des Krieges gegründet worden waren, um ausländischen Flüchtlingen zu helfen, und konnte schließlich einen Förderer ausfindig machen, einen ehemaligen polnischen Piloten der Royal Air Force, der jetzt in England lebte und ihm eine Arbeit anbot. Wie sehr viele andere Osteuropäer auch, schaute Sobieski nie mehr zurück, sobald er sich in England niedergelassen hatte. Er unternahm keinen Versuch, seine Schwester aufzuspüren, umgekehrt tat auch sie nichts dergleichen, weil beide glaubten, der andere sei tot. Die Nachricht, daß seine Schwester nicht nur am Leben, sondern auch noch äußerst aktiv war, wurde dem verblüfften Sobieski in Gestalt eines Gerüchtes eröffnet, das in der beträchtlichen polnischen

Gemeinde in und um Huddersfield kursierte. Katya war in Lodz verhaftet worden. Die Anklage hatte auf Subversion und staatsfeindliche Aktivitäten gelautet, und sie war zu fünf Jahren Schutzhaft verurteilt worden.

Sobieski begann daraufhin seine Marathon-Kampagne, um seine Schwester loszueisen. Er stellte Kontakte zu den verschiedensten Untergrundzellen her. Später, als sein Reichtum und sein Einfluß wuchsen, gelang es ihm, die – wenn auch inoffizielle – Hilfe des MI6 für sich zu gewinnen. Aber nichts half. Nachdem Katya ihre ursprüngliche Strafe abgesessen hatte, machte sie genau dort weiter, wo sie aufgehört hatte, und war schon bald wieder in Schwierigkeiten. Dieses Mal bescheinigte ihr das Gericht eine krankhafte Zerstörungswut, und sie wurde in ein Asyl für gemütskranke Verbrecher gesteckt.

Kurz nach ihrer Entlassung aus der Anstalt entwarf Sobieski einen neuen Plan, um Katya aus Polen herauszuschmuggeln. Aber die Nachricht von dieser Verschwörung erreichte auch die Ohren des UB, des polnischen Geheimdienstes, und die Operation wurde vereitelt. Sobieski schickte weiterhin Geld, von dem allerdings herzlich wenig die unglückliche Katya erreichte. Einiges davon blieb bei Zwischenkurieren hängen, aber der Löwenanteil wanderte direkt in die Kasse des UB. Habgierige Schmarotzer und doppelzüngige Ostblockagenten betrogen ihn nach Strich und Faden.

»Der muß völlig übergeschnappt sein.«

»Seien Sie fair, Charlie«, sagte ich. »Würden Sie nicht zu helfen versuchen, wenn es um Ihre Schwester ginge?«

»Helfen schon«, entgegnete Charlie, »aber dieser Narr hat bloß den anderen geholfen – und er hat drei gute Leute aus dem Spiel geworfen.«

»Jetzt weiß er Bescheid«, sagte Denvers. »Man hat ihm klipp und klar gesagt, daß er damit aufhören soll.«

»Viel zu spät«, sagte Charlie.

»Er hat versucht, unsere Seite zu einem Tausch zu bewegen. Aber die anderen haben zu viel verlangt. Sie wollten Alex Golovnin.«

»Golovnin!« fuhr Charlie auf. »Du liebe Güte, unsere Leute würden Golovnin nicht einmal gegen uns alle hier im Raum tauschen!«

Was wahrscheinlich nicht ganz der Wahrheit entsprach. Denvers zuckte die Schultern und zündete eine neue Zigarette an der alten an. Dann schloß er die Akte, aus der er berichtet hatte, und stand auf.

»Wollen Sie noch einen, Farrow?«

»Nein, er will keinen mehr«, mischte sich Charlie ein.

Ich wollte es diesmal nicht drauf ankommen lassen. »Nein, danke, Jack«, sagte ich, »ich bin eigentlich kein großer Trinker.«

»Großer Gott«, seufzte Charlie.

»Also, Sir . . .«, sagte McKenzie.

»Reden Sie mit mir, Jock?« fragte ich.

»Nein, mit Mister McGowan.«

»Dann nur heraus damit«, sagte Charlie. »Lassen Sie uns an Ihrer Weisheit teilhaben.«

»Also . . . ich habe über Sir Anthony nachgedacht –«

»Sobieski meinen Sie. Was ist mit ihm?«

»Ich sehe irgendwie keine Verbindung.«

»Da sind Sie nicht der einzige.«

»Was ist mit dem ›singing cowboy‹?« fragte ich.

»Mit wem?« fragte Charlie.

»Gene Autry, Sobieskis Untermieter. Ziemlicher Zufall, daß er unser Vetter ist. Er ist als Ingenieur eingetragen.«

»Glauben Sie etwa, man hätte ihn als CIA-Agenten eintragen sollen?«

»Ich mein ja nur, Charlie.«

»Noch etwas anderes«, wandte Jock wieder ein. »Bei all diesen Leuten in den Schlüsselpositionen, wozu brauchte Toomey eigentlich Yannedis?«

»Wissen Sie was, Kumpel?« staunte Charlie. »Sie haben wirklich Grips.«

»Außerdem hat er da einen guten Diskussionspunkt eingebracht, Charlie.«

»Dann antworten Sie ihm. Sie sind ja hier der Klugscheißer, Farrow.«

»Genau das hat Toomey auch gesagt.«

»Dann hatte er ja wenigstens einmal recht, was?«

»Ich wußte doch, daß Sie ihn lieben«, sagte ich. »Neulich, das war nur Schauspielerei.«

»Wenn ich ihn wieder treffen sollte, werde ich noch ein bißchen heftiger schauspielern.«

»Das wird Marshall aber nicht gefallen«, gab ich zu bedenken.

»Marshall kann mich mal.«

»Sie wollten doch auf Ihr Benehmen achten, Chas«, erinnerte ich. »Sie wollten doch lernen, wie man mit Menschen umgeht.«

»Marshall ist kein Mensch. Er ist ein blöder aufgetakelter Sack.« Er kam plötzlich auf die Beine. »Wir hören morgen voneinander, Jack.«

»Jederzeit«, antwortete Denvers. »Stets gern zu Diensten.«

Er half uns in die Mäntel und brachte uns hinaus. Im Auto sagte ich: »Die Kippen werden ihn noch umbringen.«

»Wenn ja«, sagte Charlie darauf, »dann schaffen sie etwas, woran alle anderen gescheitert sind.«

»Er war ein zäher Bursche, oder?«

»Ja. Ein ganzes Stück zäher, als Sie es je sein werden.«

»Jetzt haben Sie mich aber bitter gekränkt, Charlie«, sagte ich.

Freitag

Früh am nächsten Morgen weckte mich der Hunger. Wir hatten am vorherigen Abend nichts gegessen, weil die Kneipen alle schon schlossen und vor den Imbißbuden lange Schlangen standen, als wir den Stützpunkt verließen. Charlie hatte sich geweigert zu warten. Ich war mit einem Becher Kakao zu Bett gegangen. Als ich um halb zwei aufstand, um einem Ruf der Natur zu folgen, war Charlies Zimmertür angelehnt. Seine

Nachttischlampe warf einen gelben Schein. Ich wußte, daß er nicht schlief, denn ich hörte Papier rascheln. Er brütete über Akten.

Er mußte fast die ganze Nacht darüber gebrütet haben, denn zum ersten Mal war ich vor ihm aufgestanden. Ich schaffte es, vor ihm ins Bad zu kommen, ließ die Wanne für ein ausgedehntes Bad vollaufen und verbrauchte Unmengen seines Kiefernnadelschaumbades. Gerade, als ich mich gemütlich niederließ, hämmerte er an die Tür.

»Sind Sie da drin, Farrow?«

»Also, McKenzie ist es nicht«, antwortete ich.

»Machen Sie, daß Sie da rauskommen.«

»Zu spät, mein Lieber«, erwiderte ich. »Aber Sie können ja mein Badewasser benutzen, wenn ich fertig bin.« Seine Antwort war nicht druckreif, und ich hörte ihn den Flur entlangstapfen, um das Bad im Erdgeschoß zu benutzen. Ich wußte, daß er den ganzen Tag bis zu seinem abendlichen Bad schlechte Laune haben würde, aber das war etwas, womit ich zu leben gelernt hatte. Ich planschte und ließ mir Zeit, und als ich im Erdgeschoß zu den anderen stieß, war er kurz vorm Siedepunkt.

»Hören Sie zu – ich habe nichts dagegen, wenn Sie hin und wieder baden, denn Gott weiß, daß Sie's nötig haben«, begann er. »Aber nicht als erster am Morgen – okay?«

»Lassen Sie mich in Ruhe, Charlie«, sagte ich. »Ich werde dann baden, wenn mir danach ist.«

»So ist's recht, machen Sie nur Schwierigkeiten«, sagte er. »Das ist wenigstens etwas, was Sie verdammt gut können.«

»Wir haben alle unsere Talente«, erwiderte ich.

Jock war dabei, Laken zu falten. »Ich gehe mit den Hunden raus«, schlug er vor.

»Genau, mein Junge, machen Sie sich nützlich.«

»Und bleiben Sie nicht zu lange«, sagte Charlie. »Und Sie, Farrow, machen Frühstück.«

»Ich mache Ihres zuerst«, entgegnete ich. »Ich kann später noch frühstücken.«

Er folgte mir in die Küche und sah zu, wie ich die Teller auf den Tisch stellte. Als ich die Bratpfanne aufsetzte, sagte er: »Hören Sie mal, Farrow, sobald Sie diesen blöden Fotografen eingewiesen haben, fahren Sie zum Stützpunkt, okay?«

»Eier mit Schinken – ist Ihnen das recht, Charlie?«

»Haben Sie gehört, was ich sagte?«

»Ja, ich hab's gehört. Was werdet ihr beiden tun?«

»Computerkram«, antwortete er. »Ich will ein paar Sachen durchlaufen lassen.«

»Seit wann hat die Sektion einen Computer? Wer benutzt den?«

»Die Buchhaltung«, sagte er. »Die brauchten jemanden, dem sie die Schuld in die Schuhe schieben können.«

»Also, wenn das so ist«, sagte ich, »können wir ihn für diesen Job wohl auch gut gebrauchen.«

»Schaffen Sie das Futter auf den Tisch«, drängelte er.

Als Mrs. Tidy ankam, waren Charlie und Jock schon längst weg. Ich hatte ein ausgedehntes Frühstück genossen und war gerade dabei, eine neue Kanne Tee zu machen. Als sie geschäftig in die Küche kam, sah ich, daß die gute Alte ganz angespannt war. Sie platzte schier und wollte mir unbedingt was erzählen. Zuerst stellte sie ihre Einkaufstasche ab.

»Das sind die Vögel – Sie wissen ja, von wem.«

»Die können in die Gefriertruhe«, sagte ich.

»Gut, wie Sie meinen, Mister Farrow« – sie nahm Hut und Mantel ab –, »ich wette einen Schilling, daß Sie es nicht erraten!«

»Dann los, erzählen Sie's mir«, forderte ich sie auf.

»Der alte Henry Locke – er ist ertrunken!«

»Großer Gott! Wann war das?« fragte ich.

»Der kleine Tom Hymas hat ihn heute morgen gefunden, auf dem Weg zur Arbeit.«

»Was ist mit Fred Pickett?«

»Fred war letzte Nacht nicht bei ihm. Freds Frau ging es in letzter Zeit nicht so gut.«

»Ja, das weiß ich«, sagte ich. »Aber wie ist es denn passiert?«

»Das weiß niemand. Er muß hingefallen sein. Man sagt, er sei schon seit Stunden tot gewesen.«

»Verdammt«, fluchte ich. »Der arme alte Henry.«

»Ja, ist das nicht furchtbar?«

»Schrecklich«, sagte ich. »Nehmen Sie sich eine Tasse, Mrs. Tidy.«

»Keine Zeit zum Teetrinken. Heute ist doch Backtag.«

»Ach ja, übrigens, ich habe einen Besucher hier. Meinen Cousin Charlie«, sagte ich.

»Sieht aus, als hätten Sie zwei Besucher.« Sie begann, die drei Gedecke vom Tisch zu räumen. »Ist seine Frau auch mitgekommen?«

»Nein, nur ein Freund von ihm«, log ich. »Unser junger Jack. Er ist arbeitslos.«

»Da ist er nicht der einzige, es ist ein Skandal. Soll ich noch zusätzlich Brot backen?«

»Das wäre mir lieb, wenn Sie dazu kommen.«

»Ach, ich denke schon«, sagte sie. »Und ich backe Ihnen eine Pastete – ist Ihnen Fleisch mit Kartoffeln recht?«

»Sogar sehr«, antwortete ich.

»Sind die beiden große Esser?«

»Jack schon.«

»Ich mag Leute, denen's schmeckt«, sagte sie. »Ich kann Männer nicht ausstehen, die an allem was auszusetzen haben. Um wieviel Uhr werden Sie nach Hause kommen?«

»Schwer zu sagen. Wir wärmen es einfach auf.«

»Es wird dem Essen nicht schaden, wenn Sie es langsam aufwärmen. Arbeiten Sie heute nicht?«

»Es kommt gleich jemand vorbei.«

»Führen Sie ihn dann ins Eßzimmer«, sagte sie, »und wenn ich hier fertig bin, fange ich im Obergeschoß an – hören Sie, ist er das schon?«

Ich stand auf, um über sie weg hinauszusehen, und sah durchs Küchenfenster, wie ein altes Auto auf die Scheune zufuhr. Syd Tulley kletterte heraus, und die Hunde begannen zu bellen. Als ich die Tür aufmachte, liefen sie hinaus.

»Heh – sind diese Köter harmlos?«
»Nein, das sind Killer«, sagte ich. »Kommen Sie durch ins Wohnzimmer.«
Er ging vorsichtig an den Hunden vorbei und hastete weiter. »Sie sollten sie lieber anbinden.«
»Ich hab's versucht. Aber es hat nichts gebracht. Sie beißen die Ketten durch.«
»Sie wollen mich verscheißern«, stellte er fest. »Um was geht es eigentlich diesmal, wieder so ein Versteckspiel-Job?«
Bei den wenigen bedauerlichen Gelegenheiten, als mich chronischer Geldmangel dazu zwang, Scheidungsfälle anzunehmen, hatte sich Sidneys Hilfe als unschätzbar erwiesen.
»Tut mir leid, daß ich Sie enttäuschen muß, mein Lieber. Es ist diesmal eine etwas mondänere Angelegenheit...« Ich erklärte ihm, was ich von ihm wollte. »... und hören Sie, Sidney«, schloß ich, »das Ganze muß in aller Stille vor sich gehen.«
»Hmmm ... riskant«, sagte er. »Fotos von Leuten, die ich nicht mal kenne.«
»Nicht doch, Mensch«, sagte ich, »das geht ohne weiteres.«
»Das kostet Sie zwanzig.«
»Zehn, Sie habgieriger Scheißkerl.«
Er war ein großer, schlaksiger Kerl mit langen, knochigen Handgelenken und einem vorstehenden Adamsapfel, der beim Lachen auf und ab hüpfte.
»Ich sage Ihnen was, wir einigen uns auf fünfzehn.«
»Einverstanden – aber dafür müssen es auch gestochen scharfe Fotos sein.«
»Ich mache nur gestochen scharfe Fotos«, beruhigte er mich. »So. Was ist jetzt mit einem Schlückchen?«
»Meine Güte, es ist gerade erst Viertel vor zehn!«
»Anfangen, womit man aufgehört hat. Nach dem Abend gestern.«
Ich gab ihm einen vierstöckigen Scotch und ließ ihn seine Instruktionen wiederholen. Als er gegangen war, ging ich nach oben, um meine Jacke zu holen. Mrs. Tidy hatte die Bettwäsche

gewechselt und staubte gerade die Kommode ab. Als ich ins Zimmer kam, hob sie die Zeichnung von Uhde auf, die ich auf der Kommode liegengelassen hatte.

»Wer ist das, Mister Farrow?«

»Oh, den kennen Sie wahrscheinlich sowieso nicht«, antwortete ich.

»Zufällig habe ich den schon mal gesehen.«

»Sie haben ihn gesehen? Sind Sie sicher?«

Sie schürzte die Lippen und studierte die Zeichnung und nickte mit ihrem schalumwickelten Kopf. »Montag – nein, falsch, es muß am Dienstag gewesen sein«, sagte sie zögernd. »Nachdem ich bei Mrs. Barlow gewesen war. Die arme Seele, es geht ihr immer schlechter. Doktor Hazel meint –«

»Wo?« unterbrach ich sie. »Wo haben Sie ihn gesehen?«

»Er war in Copley Bottoms. Ich sah ihn übers Tor klettern.«

»Sind Sie absolut sicher, Mrs. Tidy?«

»Also, ich bin vielleicht taub, aber mit meinem Augenlicht ist noch alles in Ordnung.«

»Um wieviel Uhr mag das wohl gewesen sein?« fragte ich.

»Kurz vor der Teezeit, ungefähr um halb sechs.«

»Und Sie sind vollkommen sicher, daß es dieser Kerl war?«

»Wie oft wollen Sie denn noch fragen?« sagte sie. »Das ist wohl wirklich wichtig, oder?«

»Nein, nein, eigentlich nicht«, sagte ich, »es ist nur komisch, daß Sie ihn gesehen haben, das ist alles.«

»Wie auch immer«, wechselte sie das Thema, »was ist eigentlich mit den Laken auf dem anderen Bett? Soll ich die auch wechseln?«

»Nein. Da ist nur zwei, drei Nächte drin geschlafen worden.«

»Dann laß ich sie bis Montag drauf. Sind Ihre Besucher dann noch da?«

»Ich hoffe es wirklich nicht.«

Im Stützpunkt rauchte und hustete der alte Jack Denvers und trank Tee. Charlie und Jock waren dabei. Man hörte schwer definierbare Geräusche von irgendwoher aus dem oberen Stockwerk. Jack ging um eine Tasse zu holen und um die große Teekanne aus Email aufzufüllen. Ich wartete, bis er zurückkam, und berichtete dann, was Mrs. Tidy erzählt hatte. Charlie nahm noch Tee.

»Sie gehen nicht davon aus, daß das alte Mädchen alles erfunden hat, oder?«

»Nein. Das ist nicht ihre Art.«

»Also hat uns der böse Sir belogen, wie?«

»Nicht unbedingt, Chas. Vielleicht war Uhde nur zum Spähen dort. Er hat nicht den Vordereingang benutzt. Copley Bottoms liegt ein ganzes Stück hinter dem Gebäude. Es scheint eher, als ob er nicht gesehen werden wollte.«

»In diesem Haus geht irgend etwas vor, verdammt.«

»Ich habe noch nicht alles erzählt.« Ich berichtete, daß man Henry ertrunken aufgefunden hatte.

»Dieser Fluß«, fragte Charlie, »ist das der, der durch das Anwesen fließt?«

»Genau der«, bestätigte ich. »Er verläuft am westlichen Ende des Dorfes und kommt unter der alten Bahnlinie heraus. Da gibt es eine Mühle –«

»Schon gut«, unterbrach Charlie. »Ist er gefährlich?«

»Nun ja, in einigen Abschnitten schon.«

»Wie ist der alte Knacker reingefallen?«

»Das weiß niemand.«

»Dann sollte es jemand herauskriegen.«

»Ich kümmere mich drum, Charlie«, bot ich an.

»Wann treffen Sie diesen Fotografen?«

»Halb zwei«, sagte ich. »Er hofft, daß er den Film bis dahin hat.«

»Bringen Sie ihn dann sofort her«, sagte Charlie. »Wie lange brauchen Sie, um ihn zu entwickeln, Jack?«

»Oh, nicht lange«, sagte Denvers. »Dickinson ist komplett dafür ausgerüstet. Er steht auf Abruf bereit.«

»Ach, der schlurft also dort oben herum.«

»Ich will die Abzüge bis spätestens sechs Uhr in London haben.«

»Das ist knapp«, meinte Denvers.

»Haltet euch ran, Jack«, sagte Charlie. »Wir müssen wissen, wer diese Scheißkerle sind. Ich will sie schnappen.«

»Falls unsere Vettern sie nicht zuerst schnappen.«

»Die Amis schnappen nicht mal eine Schildkröte.«

»Die müssen etwas wissen«, gab ich zu bedenken, »sonst hätten sie Freund Toomey nicht losgeschickt.«

»Farrow hat recht«, sagte Denvers. »Unterschätzen Sie sie nicht. Das wäre nicht klug.«

»Nun, wir werden sehen«, entgegnete Charlie.

Ich begann mich etwas unruhig zu fühlen. »Hören Sie mal, Charlie«, sagte ich, »soll ich nicht mal bei mir zu Hause vorbeischauen und mich um diese Sache mit Henry Locke kümmern? Es ist erst zehn vor elf. Noch genug Zeit, um wiederzukommen und Tulley zu sprechen.«

Charlie polierte seine Brillengläser. »Da wir gerade von Tulley reden«, sagte er, »hat seine Zeitung vielleicht ein Foto von Sobieski im Archiv?«

»Das würde mich nicht wundern.«

»Bitten Sie ihn, uns eins zu besorgen.«

»Umsonst wird er es uns nicht geben. Und wir schulden ihm schon fünfzehn.«

»Fünfzehn Eier!« rief Charlie aus. »Für wen hält sich dieser Scheißer – für Cecil Beaton?«

»Ja oder nein?«

»Also gut, aber werden Sie nicht größenwahnsinnig.«

»Ich werd's mir merken, Chas.«

Das Mittagsgeschäft ist immer gleich und vorhersehbar. Die Stammgäste, alte Mitglieder aus der Bruderschaft der Dominospieler, kommen auf ein paar Bier und rauchen ihre stinkenden Pfeifen über endlosen Spielen. (Ein Wort im Vorübergehen an den spielfreudigen Anfänger: Wenn Geld auf dem Tisch liegt – Finger weg. Domino sieht aus wie ein Kinderspiel, ist aber nichts dergleichen.) Der Wirt, der am Ende der Theke mit einem Vertreter der Brauerei sprach, drehte sich nach mir um, als ich hereinkam, und zog überrascht die Augenbrauen hoch. Er kam herüber, um mich zu bedienen.

»Guten Tag, Mark«, sagte er, »was führt Sie denn wochentags hierher?«

»Kleiner Urlaub, Alex«, antwortete ich.

»Warum auch nicht?« sagte er. »Das Übliche?«

»Ja, und für Sie auch eins«, lud ich ihn ein.

»Danke, aber ich möchte im Moment nichts. Haben Sie das von Henry Locke gehört?«

»Mrs. Tidy hat es mir heute morgen erzählt.«

»Es ist schrecklich.«

»Furchtbar«, stimmte ich zu. »Machen Sie ein Bier für den alten Fred.«

»In Ordnung . . . also zwei Halbe.«

Ich suchte meine Taschen nach zwei weiteren Münzen ab, verwundert darüber, daß ich den Tag noch erlebte, an dem zwei Halbe mehr als ein Pfund kosteten. Als ich mich von der Theke abwandte, standen die alten Knaben gerade von ihrem Dominospiel auf, um eine kleine Pause einzulegen, einige, um ihre Gläser aufzufüllen, andere, um aufs Örtchen zu gehen. Fred Picket sammelte seine Zwei-Penny-Stücke ein.

»Tja dann, Mister Farrow«, begrüßte er mich.

»Du hast ein Bier gut, Fred. Ist schon bezahlt.«

»Wirklich? Danke«, sagte er. »Haben Sie schon vom alten Henry gehört?«

»Ja, das habe ich«, antwortete ich, »und ich würde gerne mal mit Ihnen reden, wenn Sie einen Augenblick Zeit haben.«

»Ja, wir können reden«, sagte er. »Tom hat die ganze Zeit darauf gewartet zu spielen« – er drehte sich nach einem seiner Kumpane um, der am Fenster saß –, »willst du für mich weiterspielen, Tom?«

»Ja, warum nicht.«

Fred nahm das Bier, das ich gezahlt hatte, und kam herüber, um sich zu mir auf meinen Stammplatz in der Ecke zu setzen. Er hob sein Glas.

»Also, Prost, Mister Farrow.«

»Auf Ihr Wohl, Fred«, erwiderte ich. »Nun zum alten Henry...«

»Verflucht mysteriös«, fing Fred an, »keiner hat eine Erklärung dafür.«

»Hat er nicht letzte Nacht ... äh ... gearbeitet?«

»O doch, er hat gearbeitet. Seine Taschen waren voll. Ein paar große Hähne und eine Henne.«

»Wer hat Ihnen das gesagt?«

»Bobby Hymas.«

»Bobby« bedeutete in diesem Zusammenhang »Polizist«, gemeint war der örtliche Schutzmann, der so genannt wurde, um ihn vom Rest des großen Hymas-Clans zu unterscheiden. Der junge Tom, der an diesem Morgen losgerannt war, um ihn zu holen, war ein Neffe, und gemeinsam hatten sie Henrys mit Wasser vollgesogene Leiche aus dem Fluß gezogen. Bobby Hymas hatte dann offensichtlich bereitwillig angenommen, daß das Gewicht der drei großen Fasane, die in den Taschen des alten Mannes steckten, ihn so behindert hatten, daß er nicht mehr fähig gewesen war, sich aus eigener Kraft herauszuhelfen, nachdem er erst in das tiefe und schnell fließende Wasser gestolpert war.

»Das klingt plausibel, Fred«, wagte ich zu sagen.

Fred schnaubte und trank von seinem Bier. »Niemals!« Er wischte sich den Schaum von den Lippen. »Wie? Henry und in den Fluß gefallen? Unmöglich. Nie im Leben, Mister Farrow.«

»Wieso nicht?«

»Unmöglich, oder etwa nicht?« fuhr er fort. »Henry kannte jeden Zentimeter im Wald, genausogut wie ich, wenn nicht besser.«

»Aber gestern nacht war es dunkel und bewölkt, wie Sie wissen, und –«

»Das spielt keine Rolle«, unterbrach Fred. »Henry hätte auch mit verbundenen Augen nach Hause gefunden.«

»Vielleicht war er in Panik«, sagte ich, »vielleicht war der Wildhüter hinter ihm her.«

»Nein«, der alte Mann schüttelte den Kopf, »Henry und ich konnten im Kreis um Stevens herumlaufen, mitsamt seinem Hund und allem.«

Ich verdaute diese Information, während ich den Rest meines Bieres trank. Das Ale schmeckte prima.

»Trinken Sie noch eins?« fragte ich ihn.

»Ich glaube nicht, Mister Farrow, danke. Nicht vor dem Abendessen.«

»Dann nur ein halbes.«

»Ja, na gut.«

Ich stand auf, um das Bier zu holen. Als ich zurückkam, zündete Fred gerade seine Pfeife an. »Ich sage Ihnen...« paff... meinte er, »das Ganze...« paff, »ist verdammt...«, paff... »sonderbar.«

Bevor ich die Frage stellte, wußte ich schon, wie dämlich sie klingen würde, aber ich wollte keinen Aspekt außer acht lassen.

»Vielleicht war er hinter einer Forelle her?«

Fred nahm die Pfeife aus dem Mund, um mich besser anglotzen zu können.

»Was, nachts, und außerhalb der Saison! Hören Sie auf, Mister Farrow«, sagte er, »das wissen Sie doch wohl besser!«

»Okay«, sagte ich, »was glauben Sie denn, wie es passiert ist?«

Er stieß Rauch aus und schüttelte den Kopf. »Nein, keine Ahnung, ich bin völlig durcheinander. Wirklich«, sagte er. Es schien nichts weiter zu geben, was man zu der Angelegenheit sagen konnte. Ich saß da, hielt mein Bier in der Hand und lauschte den Saug- und Blubbergeräuschen aus Freds Pfeife. Der Brauereivertreter ging gerade weg und trat einen Schritt zurück, als er die Tür geöffnet hatte, um einem Neuankömmling den Vortritt zu lassen: Stevens und sein bleichäugiger Hund. Der Wildhüter nickte in die Runde und ging zur Theke, wo Alex schon sein gewohnheitsmäßiges Bier zapfte. Ich spürte, wie mir Freds Ellbogen in die Rippen stieß, und neigte den Kopf, um sein leises Flüstern zu hören.

»Sieht aus, als hätte er sich mit seiner Frau in der Wolle gehabt, wenn er eine hat.«

Ich peilte zu Stevens hinüber, als er gerade sein Glas hob und den Kopf zum Trinken zurücklehnte. Oben am Hals in Höhe der Gurgel war die Haut in drei parallelen Kratzern aufgerissen. Die Wunden waren rot und frisch, noch nicht mit Schorf bedeckt.

»Er sollte sich vielleicht mehr um sie bemühen«, sagte ich.

Ich glaube, Stevens spürte, daß wir über ihn sprachen, aber als er sich umdrehte, gab es einen kleinen Aufruhr bei den Dominospielern. Ich trank aus und brach noch während der Auseinandersetzung auf, denn mir war eine Idee gekommen. Ich hielt bei der Telefonzelle im Dorf an, bevor ich zum Auto ging, und wählte die Nummer des Stützpunktes. Nach der Routineüberprüfung kam ich schließlich zu Charlie durch.

»Na, wie lautet das Urteil?« fragte er.

»Ich bin auf dem Weg zu Syd Tulley, und habe nicht genug Zeit, Ihnen genaueres zu berichten«, begann ich, »aber wir müssen so was wie ein Zusammentreffen arrangieren.«

»Was für ein Zusammentreffen?«

Ich erklärte ihm, was ich mir vorstellte, und er versprach, sich darum zu kümmern. Dann machte ich mich auf den Rückweg nach Harrogate. Ich kam ziemlich früh im Horse and Groom an, deshalb bestellte ich mir ein Tetleys und ein Stück der berühmten warmen Pastete. Ich hatte die Pastete aufgegessen, bevor Syd ankam, also entschied ich mich, mir noch mal das gleiche zu genehmigen. Mein Bier hatte ich auch bald fast ausgetrunken und wollte gerade zahlen, als er höchstpersönlich neben meinem Arm auftauchte. Er sah auf den glänzenden, neuen Fünfer, den ich auf die Theke gelegt hatte.

»Ah, wie ich sehe, komme ich gerade rechtzeitig.«

»Das tun Sie wohl immer. Was trinken Sie?«

»Einen großen Scotch mit Wasser«, antwortete er. » – Ersäufen Sie den Whisky aber nicht, Miss!«

»Moment noch, Schätzchen«, unterbrach ich. »Haben Sie den Auftrag erledigt?«

»Klar. Kleinigkeit«, sagte er.

»Na gut. Dann haben Sie einen verdient. Möchten Sie auch ein Stück Pastete?«

»Wenn Sie darauf bestehen«, entgegnete er.

Ich drehte mich zu der geduldig wartenden Bedienung um. »Also zweimal Pastete«, sagte ich, »und einen großen Scotch mit Wasser – Eis, Syd?«

»Großer Gott, nein!« wehrte er ab.

Die meisten Büroangestellten hatten sich wieder zu ihren Tretmühlen geschleppt, und die Kneipe war nicht mehr so voll. Syd verstaute seine Kamerakoffer unter einem Tisch an der Wand und stürzte ungefähr zwei Drittel seines Whiskys hinunter.

»Das habe ich gebraucht«, kommentierte er.

»Was? Gab's auf der Party kein Freibier für die Presse?«

»Bin nicht dazu gekommen«, sagte er. »Ich war zu sehr damit beschäftigt, mich für die Fotos in Position zu bringen.«

»Hoffentlich konnten Sie ein paar gute machen.«

»Die sind verdammt viel mehr wert als fünfzehn Eier. Könnten Sie nicht –«

»Nein«, erwiderte ich. »Aber es gibt eine Möglichkeit für Sie, sich zwanzig zu verdienen.«

»Ja? Und wie sieht die aus?«

»Schon mal von Anthony Sobers gehört?«

»Ein großes Tier in der Textilbranche«, sagte er. »Hat ein Haus oben in Dales. Sitzt im Landrat.«

»Genau der ist es«, bestätigte ich. »Von dem brauche ich auch ein gutes Bild.«

Syd sprach mit dem Mund voller Pastete. »Das ist nicht Ihr Ernst«, sagte er. »Soll ich losgehen und ihn fragen, ob er Modell stehen will?«

»Lassen Sie diesen Blödsinn, Syd. Sie müßten doch was im Archiv haben.«

Er nickte. »Sollte man annehmen, nicht wahr? Tatsache ist aber, daß wir gar nichts haben. Kein Einzelfoto, keine Gruppenaufnahme, kein gar nichts.«

»Wieso sind Sie da so sicher?«

»Er haßt die Öffentlichkeit. Allgemein bekannt. Spendet Tausende für wohltätige Zwecke, aber er will nicht, daß Aufhebens davon gemacht wird, läßt sich nicht interviewen und geht nicht zu den vornehmen Veranstaltungen – zu Jagdgesellschaften oder so was.«

»Das klingt, als lebte er sehr zurückgezogen.«

»Ich dachte, Sie wüßten das«, sagte er. »Sie leben doch viel näher bei ihm als ich.«

»Ja, aber Sie haben doch Zugang zur Gesellschaft, als Mitglied des Vierten Standes.«

»Wie auch immer«, meinte er, »was hat Sobers denn mit den Rußkis zu tun?«

»Gar nichts«, wich ich aus, »das ist ein anderer Job.«

»Tut mir leid, da kann ich Ihnen nicht helfen.«

»Okay, vergessen Sie's«, sagte ich. Und wie ich Sydney kannte, würde er genau das tun. »Hier sind Ihre fünfzehn Pfund.« Er schob eine Filmrolle über den Tisch. Während ich den Film verstaute, verschwanden die Scheine in Sydneys Tasche.

»He – Sie gehen doch noch nicht, oder?«

»Ich muß, ich habe noch zu tun. Bis dann.«

»Nehmen wir nicht noch einen für den Weg?«

»Den können Sie sich jetzt doch selbst leisten, Sydney.«

»Das ist also der Dank, wie?« sagte er.

Ich habe mich in Leichenschauhäusern schon immer miserabel gefühlt, und das in Richmond vermochte diese alte Antipathie kaum zu lindern. Die glänzenden, kahlen Räume waren oval zugeschnitten, die Fenster zu hoch und zu klein und eine widerliche, kühle Feuchtigkeit durchdrang den Ort. Die Wände waren mit gesprungenen Kacheln gepflastert, die einmal weiß gewesen waren und jetzt die Farbe von Urin hatten. Im grauen Betonfußboden verliefen Rinnen, die in einem gemeinsamen, von einem rostigen Eisengrill bedeckten Abfluß zusammenliefen. Die Luft war von einem starken Desinfektionsmittel und dem übelkeiterregenden Geruch von Formaldehyd durchzogen. Unpassenderweise waren die makellosen stählernen Totenbahren neu und glänzten. Offensichtlich waren sie erst vor kurzem erneuert worden. Es gab vier davon. Zwei waren in Gebrauch, die Verblichenen waren mit zerknitterten weißen Leintüchern bedeckt. Der gepflegte kleine Mann, der mich begleitete, trat zu der nächststehenden Bahre und hob das obere Ende des Tuches mit beiden Händen an. Ich blickte auf das kalte, wächserne Gesicht herunter. Es war, ohne die Zahnprothesen, seltsam eingesunken.

»Ja, das ist er«, sagte ich.

»Das wurde bereits festgestellt.«

»Ja. Gehen wir hier raus.«

Mein Begleiter war Dr. Benson, der Gerichtsmediziner, der für die Autopsie bestellt worden war. Er war gerade eine Stunde vorher fertiggeworden. Er sah mich lächelnd an, immer noch das Tuch in den Händen. Ich hätte gewettet, daß ich wußte, was er mir erwidern würde.

»Der beißt Sie nicht mehr, wissen Sie.«

»Ja, ich weiß, es ist mir gleich, aber hören Sie«, sagte ich, »dieser alte Mann war ein Freund von mir.«

»Wir alle haben Freunde«, erwiderte Benson, »und die enden alle wie der hier, glauben Sie mir.« Er folgte mir zur Tür.

»Wenn Sie so viele gesehen hätten wie ich . . .«

»Ich habe genug gesehen«, entgegnete ich.

Wir gingen ins Freie, an die gesegnete frische Luft. »Was jetzt?« fragte Benson.

»Nichts«, sagte ich. »Wenn Sie sicher sind.«

»Oh, kein Zweifel«, bestätigte er. »Er ist ertrunken, das steht fest. Es wird alles im Bericht stehen.«

»Und die Partikel unter seinen Fingernägeln?«

»Nur an der rechten Hand«, sagte er. »Menschliche Haut, und Stoffasern.«

»Ziemlich frisch.«

»Das sagte ich bereits«, sagte er.

»Das sagten Sie, ich wollte nur ganz sichergehen.«

»Worauf wollen Sie und Ihre Leute hinaus?«

Wir waren an meinem alten Jaguar angekommen. Ich kletterte hinein und kurbelte das Fenster herunter. »Schon mal was von ›wir müssen es einfach wissen‹ gehört?«

»*Was* müssen Sie einfach wissen?«

»Genau, jetzt haben Sie es verstanden.«

»Was meinen Sie damit?«

»Danke für Ihre Hilfe, Doc.«

Als ich in den Rückspiegel sah, stand er immer noch in der Auffahrt, und mit einem verwirrten Gesichtsausdruck sah er dem Wagen nach. Er hielt mich wohl für unhöflich, weil ich ihm zum Abschied nicht die Hand geschüttelt hatte. Ich hatte es einfach nicht über mich gebracht.

Als ich den Film bei unserem Stützpunkt vorbeigebracht hatte, bevor ich wieder nach Richmond fuhr, hatte Charlie mir gesagt, er und McKenzie seien gegen sieben wieder zu Hause. Ich schaffte es vor ihnen, gönnte mir einen Whisky und schob danach Mrs. Tidys große, golden schimmernde Pastete in den Ofen. Das Haus war vom intensiven Geruch gebackenen Teiges erfüllt – wunderbar. Ich schürte das Feuer, legte Holzscheite nach und hoffte, daß wir entgegen aller Wahrscheinlichkeit an diesem Abend nicht mehr ausrücken würden. Sie kamen herein, als ich die Hunde fütterte. Charlie hastete ins Obergeschoß, ohne sich auch nur Zeit zu nehmen, seinen Mantel abzulegen. Ein stetiges Rumpeln in der Wasserleitung bestätigte überflüssigerweise, daß er sich endlich wieder mit seiner überfälligen Waschung beschäftigen konnte. McKenzie blieb in der Küche und rieb sich die Hände, als er den Duft erschnüffelte.

»Hier riechts wirklich gut, Sir.«

»Das können Sie glauben«, antwortete ich. »Das ist eine der Spezialitäten von Mrs. Tidy.«

»Darf man fragen, um was es sich handelt?«

»Man darf, wenn man möchte. Es handelt sich um eine Fleisch- und Kartoffelpastete.«

»Wirklich? Toll!«

»Was halten Sie von einer Flasche Wein dazu?«

»Was für eine wunderbare Idee.«

»Prima, dann holen Sie eine aus dem Keller. Die Tür am Ende des Ganges.«

»Äh . . . einen Burgunder, Sir, oder einen Bordeaux?«

»Mögen Sie einen roten Graves?«

»Sehr!«

»Ich auch, aber es ist keiner da. Wir müssen uns mit dem alten Hirondelle begnügen.«

»Ich glaube nicht, daß ich jemals –«

»Dann werden Sie aber einen Genuß erleben. Los, halten Sie sich nicht auf, sonst hat er keine Zeit mehr, sein Bukett zu entfalten, oder?«

Ich wette, als ich von »Keller« sprach, stellte er sich ein Labyrinth von Höhlengewölben mit endlosen Regalreihen voller staubiger Flaschen vor, und ich mußte kichern, als ich mir seine Ernüchterung vorstellte. Er würde den Pappkarton vielleicht finden, in dem hoffentlich noch ein paar der handlichen Zwei-Liter-Jumbos lagen, die man im örtlichen Supermarkt zu sehr vernünftigen Preisen erhalten konnte. Er kam zurück mit der Riesenflasche, die Hunde strichen um seine Beine, blieb stehen und studierte mißtrauisch das Etikett.

»Ich glaube nicht, daß ich den hier kenne, Sir.«

»Da hat man Ihnen etwas vorenthalten, Kumpel«, sagte ich. »Machen Sie ihn auf – oder nein, lassen Sie nur, geben Sie ihn her. Kümmern Sie sich um das Feuer.«

Ich entfernte den Korken und stellte die Flasche auf die Ablage neben dem Ofen, um die Kühle des Kellers zu vertreiben. Dann schaute ich mir den Teig an und fragte mich, ob ich den Ofen etwas stärker stellen sollte oder nicht. Das hing davon ab, wie lange Charlie für seine rituelle Waschung brauchen würde. Ich rief von unten nach ihm.

»Charlie!«

Eine Dampfwolke hüllte das Treppenhaus ein, als er die Badezimmertür öffnete.

»Wie lange dauert es denn noch bei Ihnen?«

»Warum? Was ist los?« rief er zurück.

»Das Abendessen ist fast fertig.«

»Noch zehn Minuten. Und, Farrow ...«

»Was?«

»Wir werden uns nicht lange damit aufhalten.«

»O nein. O weh«, stöhnte ich.

»Was war das?«

»Nichts. Gehen Sie wieder zu Ihren Schwämmen.«

McKenzie hatte den Wortwechsel mitbekommen, und als ich ins Wohnzimmer kam, sah er vom Hundekraulen hoch.

»Davon hat er mir nichts gesagt. Ehrlich.«

»Ach, es ist nicht Ihre Schuld. Es ist immer dasselbe mit diesem elenden Bastard.«

»Dann packe ich lieber mit an.«

»Ja, das wäre besser. Kommen Sie, machen wir uns ran.«

Mrs. Tidy, Gott segne sie, hatte alles für uns vorbereitet. Das einzige, was ich noch tun mußte, war ein paar Töpfe auf den Herd zu stellen. Einer mit Rosenkohl, der andere mit einer guten braunen Soße. Ich stellte zuerst den Kohl auf und drehte dann den Herd stärker. Dann goß ich zwei Gläser Wein ein. McKenzie deckte den Tisch.

»Sie werden allmählich richtig gut darin, Jock.«

»Nun, jetzt, wo ich weiß, wo die Sachen aufbewahrt werden, Sir ...«

»Hier, probieren Sie mal«, sagte ich.

Er nippte von dem Hirondelle. »Hmm ... nicht schlecht«, meinte er.

»Der ist nicht zum Nippen, der ist zum Kippen. Wie sind eigentlich Syds Bilder geworden?«

»Oh, ziemlich gut«, antwortete er.

»War Charlie zufrieden damit?«

»Nun, dazu hat er sich eigentlich nicht geäußert.«

»Nein, dazu äußert er sich nicht, klar. Hat er sie nach London geschickt?«

»Ja, auf direktem Wege, per Kurier.«

Ich sah auf die Uhr. »Müßten inzwischen dort sein, in diesem Falle dürfte es nicht mehr allzulange ...« Wie auf ein Stichwort klingelte das Telefon. »Gehen Sie ran, Jock, ja?«

Ich schüttelte den Rosenkohl ab, schmolz Butter und goß die Soße darüber. Dann sah ich nach der Pastete. Es war fertig zum Auftragen. Als ich gerade ein paar Teller warm stellte, kam Jock zurück.

»Es ist für Mister McGowan.«

»Dann rufen Sie ihn«, schlug ich vor.

Ich trank meinen Wein und goß mir noch etwas nach. Jock hatte seinen kaum angerührt. Er beleidigte wahrscheinlich seinen empfindlichen Gaumen. Auch gut, dann blieb eben mehr für mich übrig. Ich setzte mich an den Tisch und warf einen Blick in die Zeitung. In Polen ging es wieder rund. Mrs. Thatcher nahm den Mund wie üblich reichlich voll, was wir alles tun würden, wenn die Iwans einmarschieren würden, um die Rebellen zur Ordnung zu rufen. Ich glaubte, daß sie lieber den Mund halten sollte. Ich dachte, sie sei sinnvoller beschäftigt, wenn sie mit dem Säbelgerassel aufhören und sich statt dessen um die echten innenpolitischen Probleme kümmern würde. Sollten sich die Polen doch selber um ihren Kram kümmern. Ich meine, wer braucht schon ein zweites 1939?

»Was ist das denn?« fragte Charlie.

Ich sah auf. »Telefongespräch beendet?«

»Was ist das?« fragte er wieder und starrte auf den Hirondelle.

»Traubensaft«, sagte ich. »Unterstützt die Verdauung, Charlie.«

»Verdauung, Blödsinn«, entgegnete er. »Lassen Sie die Finger davon, wir haben noch zu arbeiten.«

»Halb neun«, sagte ich.

»Halb neun? Was zur Hölle meinen Sie damit?«

»Dann fängt die Nachtschicht an.«

»Machen Sie voran mit dem Futter.«

»Oh, das ist schon fertig«, erwiderte ich, »aber ich werde es nicht hinunterschlingen, und Jock wird das auch nicht tun.«

»Sie sprechen nur für sich selber«, stellte er fest. Ich servierte die Pastete – sie war wunderbar – und reichte die Soße und den Rosenkohl herum. Jock war so nett, das Essen zu loben, aber Charlie schaufelte es nur so in sich hinein. Ich tat mein Bestes, um ihn dabei nicht anzuschauen. Er machte das Ganze zu einem Arbeitsessen, indem er darauf bestand, daß wir während des Essens eine Besprechung abhielten. Es begann mit Syd Tulleys Bildern. »Ich hatte eben Barlow an der Strippe«, sagte er, »er hat die Iwans aufgespürt. Bei dem Älteren war es anscheinend ganz einfach, der Scheißkerl war einfach überall. Nikolai Vissarionowitsch Kamenew.«

»Verwandtschaft?« erkundigte ich mich.

»Was meinen Sie mit ›Verwandtschaft‹?«

»Vissarionowitsch. Das war Stalins richtiger Name.«

»Kluges Kerlchen«, sagte Charlie. »Egal, das spielt hier keine Rolle. Was eine Rolle spielt ist, daß Kamenew als Führer der NKVD in der DDR war, als Yannedis in der Sobieski-Sache als Unterhändler fungierte.«

»Aber das ist dreißig Jahre her!«

»Na und?« erwiderte Charlie. »Er ist dem Griechen über den Weg gelaufen und hat sich an ihn erinnert.«

»Einfach so«, zweifelte ich.

»Hören Sie mal, nur weil *Sie* so ein hoffnungsloser Fall sind –«

»Okay, werden Sie nicht persönlich«, unterbrach ich ihn. »Kamenew traf also Yannedis – und was dann?«

»Samarin«, sagte Charlie, »Alexander Rykowitsch Samarin, Kamenews Mann fürs Grobe.«

»Sie meinen, der Große von Pat und Patachon?«

»Ich wußte, daß Sie es kapieren würden«, sagte Charlie.

»Aber warum hätten sie Yannedis ausschalten wollen?«

»Wenn wir das wissen, Farrow«, entgegnete er, »dann können wir behaupten, ein Stück weitergekommen zu sein.«

»Sekunde mal«, sagte ich, »wir wissen nicht sicher, ob sie ihn ausgeschaltet haben.«

»Unsinn«, sagte Charlie, »es fehlt nur noch die Bestätigung.«

»Ich verstehe«, sagte ich. »Sie meinen, wir fragen sie einfach?«

»Exakt«, bestätigte Charlie.

»Und ich nehme an, wir werden sie nicht sehr höflich fragen.«

»Ganz wie sie es haben wollen«, meinte er. »Sie sind ins Fettnäpfchen getreten, sie haben sich bloßgestellt. Sie haben keine richtigen Papiere.«

»Gefälschte Ausweise?«

»Alle Papiere gefälscht. Sie sind über Amsterdam nach Leeds/Bradford geflogen und müssen morgen auf dem gleichen Weg wieder verschwinden.«

»Und dieses ›Morgen‹ wird es nicht geben?«

»Nein, für die nicht. Wir greifen uns diese Scheißkerle heute abend.«

»Wen meinen Sie mit ›wir‹? Die Special Branch?«

»Mit ›wir‹ meine ich *uns*,« sagte er. »Die Special Branch kann sie hinterher haben.«

»So was dachte ich mir schon«, sagte ich, »aber sagen Sie mir eins, Charlie.«

»Schießen Sie los.«

»Was war mit Uhde?« fragte ich.

»Er war derjenige, den die anderen beobachteten. Der Grieche war sozusagen ein Bonus«, erklärte er.

»Ich dachte, wir seien zu diesem Schluß bereits gelangt, aber was ich immer noch wissen will, ist, wo nun die Verbindung zu unseren Vettern liegt? Und darüber hinaus zu Menwith?«

»Kann ich bitte noch etwas Rosenkohl haben?« fragte McKenzie.

»Hören Sie«, fuhr ihn Charlie an, »lassen Sie jetzt den Rosenkohl. Stellen Sie lieber die Ohren auf.«

»Oh, das tue ich, Sir«, entgegnete McKenzie.

»Wir sind hier nicht des Essens wegen.«

»Hier, bedienen Sie sich, Jock«, sagte ich. Ich reichte ihm die Schüssel. »Charlie, reden wir mal über Henry Locke. Sind wir beide der gleichen Ansicht, daß Stevens den alten Knaben umgebracht hat?«

»Ja, irgendwie sieht es wohl danach aus.«

»Gut, aber – wieso?« fuhr ich fort, »weil er Henry beim Wildern ertappt hat?«

»Ach was«, sagte Charlie, »der Opa muß irgend etwas beobachtet haben, nicht wahr?«

»Was denn zum Beispiel?« fragte ich.

»Zum Beispiel, wie irgend jemand dem Haus einen Besuch abgestattet hat.«

»Und da Uhde bereits tot ist . . .«

»Ziemlich. Es muß jemand anderes gewesen sein.«

»Zum Beispiel einer von Uhdes Freunden?«

»Nein. Zum Beispiel einer von den anderen.«

»Glauben Sie, daß Sobers ein Geschäft einfädeln will?«

»Wäre möglich, aber das bezweifle ich. Außerdem ist er schon gewarnt worden. Selbst wenn er seine Schwester herausbekommen könnte, gibt es Leute, die wissen wollen, wie. Und die würden sich nicht so ohne weiteres abspeisen lassen. Nein, er plant kein Geschäft« – Charlie schob seinen leeren Teller beiseite –, »er hat was anderes auf der Pfanne.«

»Und Stevens, dieser Bastard, ist darin verwickelt?«

»Ja, wenn er den alten Knaben umgebracht hat.«

»Ich bin mir verdammt sicher, daß er es getan hat, Charlie. Ich spüre es in den Eingeweiden.«

»Einfach so, wie?«

»Ja, einfach so, und ich sage Ihnen noch etwas. Dafür werde ich ihn mir vorknöpfen.«

»So ist's recht«, sagte Charlie, »zeigen Sie mal ein bißchen Enthusiasmus.«

»Entschuldigen Sie, Sir«, sagte Jock dazwischen, »könnte ich noch etwas von der Pastete haben?«

»Jesus«, stöhnte Charlie, »Sie werden ja genauso schlimm wie er.«

»Ja, essen wir alles auf, Jock«, sagte ich. »Es wäre eine Schande, dieses gute Zeug verkommen zu lassen.«

»Ja, da stimme ich Ihnen zu.«

»Möchten Sie den Rest Rosenkohl?«

»Ja, bitte – und könnte ich noch Soße haben?«

»Recht so, mein Junge«, freute ich mich. »Aber lassen Sie den Hunden was davon übrig.«

»Die verdammten Hunde auch noch!« schimpfte Charlie.

»Warum gehen Sie nicht ins Wohnzimmer, Charlie? Da brennt ein wunderbares Feuer. Dann trocknen Ihre Haare, bevor wir gehen.«

»Ich werde ein paar Anrufe erledigen. Und wenn ich die erledigt habe, seid ihr besser auch fertig.«

»Halb neun, Charlie«, sagte ich. »Wenn ich das sage, meine ich es auch.«

»Auf jeden Fall haben Sie genug von dem verdammten Wein getrunken.«

Er erhob sich. Als er sich umdrehte und das Zimmer verließ, zeigte ich ihm den Mittelfinger. Er schloß die Tür. Als er draußen war, standen die Hunde auf.

»Sehen Sie, Jock«, kommentierte ich, »und da sagen die Leute was über die Dummheit der Tiere.«

»Ich verstehe, was Sie meinen, Sir«, nickte er.

»Wollen Sie ein Scheibchen Wensleydale und ein Stück frisches Brot?«

»Wensleydale?«

»Käse«, erklärte ich. »Wo haben Sie bisher bloß gelebt?«

»Ah, ich verstehe«, sagte er. »Ja, etwas Käse wäre schön.«

»Ausgezeichnet zum Wein.«

Charlie kam zurück, als wir gerade das letzte Stück Käse aßen. »Seid ihr endlich fertig?« drängte er.

»Es ist erst Viertel nach acht, Charlie.«

»Kümmern Sie sich nicht um die Uhrzeit. Es hat sich was Neues ergeben.«

»Inwiefern?«

»Unsere Leute in Polen haben Kontakt zu Katya gehabt. Es war nicht leicht«, sagte er. »Wie auch immer, wir müssen los.«

»Ich räume noch eben den Tisch ab«, sagte ich.

»Lassen Sie das. McKenzie, lassen Sie den Wagen an.«

»Äh ja, Sir. Welchen denn?« erkundigte sich Jock.

»Den Rover. Lassen Sie ihn warmlaufen, und warten Sie auf mich.«

»Was passiert denn, Charlie?« fragte ich. »Was hat Katya denn gesagt?«

»Nicht allzuviel«, sagte er, »aber wohl genug. Erinnern Sie sich an den Major?«

»Welchen – meinen Sie Marshall?«

Er zog sich einen Stuhl heran und setzte sich an den Tisch. »Nein, Marshall meine ich nicht«, sagte er. »Ich meine das Dornröschen in Congleton.«

Die ganze Sache schoß mir durch den Kopf, und ich begriff den Zusammenhang sofort. Er sah meinem Gesicht an, wie es mir dämmerte.

»Richtig«, fuhr er fort. »Sie haben's erfaßt.«

»Unmöglich, Charlie«, sagte ich.

»Wieso?«

»Es ist unmöglich, das wissen Sie auch.«

»Schauen Sie sich doch mal die Tatsachen an, Mensch!« sagte ich. »Sobers –«

»Sobieski.«

»Also gut, Sobieski«, sagte ich. »Nach allem, was sie ihm und seiner Schwester angetan haben . . .«

»Sie denken nicht nach, Farrow«, unterbrach er mich.

»O doch, das tue ich, aber ich verstehe es nicht.«

»Machen Sie doch die Augen auf«, sagte er. »Das ist die einzige Erklärung, die einen Sinn ergibt.«

»Nun mal langsam, Charlie«, sagte ich. »Sie wissen hoffentlich, was Sie uns da einbrocken.«

»Das ist nicht Ihr Problem«, meinte er.

»Dicke rote Stengel und große grüne Blätter.«

»Was?«

»Rhabarberrhabarber«, sagte ich. »Machen Sie mir nicht weis, das sei nicht mein Problem. Man wird uns beide kreuzigen!«

»Nicht, wenn wir recht haben. Dann nicht.«

»Nicht, wenn *Sie* recht haben. Ich für meinen Teil glaub das immer noch nicht.«

»Ich sage Ihnen, Farrow«, fing er wieder an, »er ist einer der Jungs von Berija, genau wie dieser Scheißkerl von einem Major.«

»Aber das ist doch nicht möglich, oder?« fragte ich. »Wenn Sie sich mal seine Lebensgeschichte vor Augen halten –«

»Nein. Sie halten sich jetzt mal seine Lebensgeschichte vor Augen«, unterbrach er mich. »Ich gebe Ihnen fünf Minuten zum Nachdenken, und wenn Sie es dann immer noch nicht kapiert haben, machen wir es eben allein. McKenzie und ich.«

Er ließ mich zurück, und ich dachte über die Congleton-Sache nach. Das Problemkind damals hatte sich als Dornröschen entpuppt, das schon 1946 von Berija plaziert worden war – Stalins Gehilfen und Leiter des NKVD zur damaligen Zeit. Wir erfuhren nie seinen echten Namen, aber es hatte wirklich einen Major Sheldon gegeben. Dank einer Kette ungewöhnlicher Ereignisse war es den anderen gelungen, einen Tausch zu ermöglichen, und ihr Dornröschen hatte über vierzig Jahre lang unentdeckt bei uns geschlummert.

Eine Kette ungewöhnlicher Ereignisse. Das war der Punkt, der mir auf die Nerven ging. Es war durchaus plausibel, daß sie jederzeit wieder tun konnten, was sie schon einmal praktiziert hatten. Ich konnte mir auch denken, daß Sheldon nicht der einzige war, aber bei Sobieski lag der Fall anders. Seine Schwester lebte noch, und seine Story war hieb- und stichfest. Soviel wußten wir bis jetzt. Wir kannten auch die Mühen, die er auf sich genommen hatte, um seine Schwester herauszuholen, nur zu gut. Wir hatten den Falschen auf dem Kieker.

Charlie kam im Mantel zurück. »Was ist jetzt?« fragte er.

»Ein paar Fragen, Charlie.«

»Dann aber schnell«, drängte er.

»Wann, glauben Sie, haben sie den Austausch vollzogen?«

»Kaliningrad«, sagte er, »nachdem sie ihn beim Essenklauen erwischt hatten.«

»Und was ist mit den beiden Kumpels, ich meine die aus dem Boot, als die Schweden sie auffischten?«

»Herrgott, Farrow«, stöhnte er, »die Scheißkerle haben ein bißchen Schicksal gespielt.«

»Aber Sobieski hätte auch umkommen können.«

»Das bezweifle ich, aber selbst wenn? Dann hätten sie einen Mann verloren, mehr nicht. Wo der herkam, gab es noch eine Menge mehr von der Sorte.«

»Und was ist mit der Schwester?«

»Sie ist nicht seine Schwester.«

»Exakt. Das ist mein Problem. Sie hätte doch gewußt, daß er nicht ihr Bruder ist, oder?«

»Ja«, sagte Charlie, »aber vergessen Sie nicht, daß die anderen zum Zeitpunkt des Austausches dachten, Katya sei tot.«

»Wie alle anderen auch«, grübelte ich.

»Stimmt«, sagte Charlie.

»Die müssen einen höllischen Schreck gekriegt haben –«

»Jede Wette – zunächst. Dann merkten sie, daß sie ein verdammtes Gottesgeschenk war«, erklärte er. »Sie war der lebende Beweis dafür, daß Sobieski sauber war. Sie mußten nur dafür sorgen, daß sie niemals außer Landes gelangen würde und ihm von Angesicht zu Angesicht gegenüberstehen würde.«

»Wenn Sie recht haben, Chas«, resümierte ich, »dann haben die das brillant eingefädelt.«

»Die Geldwäscherei, meinen Sie? Ja, das muß ich zugeben, das haben sie prima gemacht.«

»Unter Ausnutzung von Yannedis,« sagte ich, »und zwar buchstäblich.«

»Er war nicht der einzige. Die Scheißkerle haben fast jeden ausgenutzt, die haben uns von vorn bis hinten zum Narren gehalten.«

Ich seufzte. »Okay, nehmen wir an, das ist des Rätsels Lösung – wie passen dann unsere Vettern ins Bild?«

»Gar nicht. Die wissen nur, daß es oben in Menwith eine undichte Stelle gibt.«

»Unsinn, Charlie«, entgegnete ich. »Die haben Autry vor Sobieskis Türschwelle postiert.«

»Haben sie das?«

»Was wollen Sie damit sagen?«

Er antwortete mir mit einer Gegenfrage. »Sagen Sie mal«, fragte er, »wie kommen die Leute von Menwith eigentlich an ihre Hütten?«

»Ganz einfach, sie selbst überhaupt nicht«, erklärte ich. »Sie haben dafür eigens einen Offizier, der den ganzen Tag mit Wohnungsbeschaffung beschäftigt ist und ständig in den Lokalzeitungen annonciert. Auf diese Weise ergibt sich eine Liste von verfügbaren Wohnungen, so daß sie ihre kostbare Zeit nicht damit zu verschwenden brauchen, die Gegend nach einer Bleibe abzuklappern.«

»Sie scheinen ja gut informiert zu sein.«

»Das weiß hier jeder. Die Yankees sind sehr dankbare Mieter. Sie verschwinden nie kommentarlos, sie zahlen jede Summe – und zwar pünktlich.«

»Trotzdem«, meinte Charlie, »Sobieski scheint mir kein Vermietertyp zu sein.«

»Doch, eigentlich schon«, wand ich ein. »Heutzutage hält sich niemand mehr ein Heer von Dienstboten, und bei vielen Grundbesitzern stehen Gesindehäuser leer. Es gibt zum Beispiel einen echten Earl, keine zehn Meilen von hier, der hat das Torhaus an einen Menwith-Mann vermietet – dabei fällt mir ein, wir haben unsere Rundfahrt zu diesen Häusern damals nicht zu Ende gebracht.«

»Das ist jetzt auch nicht mehr nötig, oder?«

»Kommen wir also wieder auf unseren Freund Autry zurück. Was wollten Sie damit sagen, unsere Vettern hätten ihn Sobers gar nicht vor die Tür gesetzt?«

»Das werde ich Ihnen dann beantworten«, erwiderte er, »wenn wir genau wissen, wer eigentlich arrangiert hat, daß Autry dort oben wohnt. Wenn er das Haus auf dem üblichen Weg bekommen hat, müssen wir uns was Neues einfallen lassen.«

»Aber selbst wenn er das allein geregelt hat, heißt das noch lange nicht, daß er falsch spielt.«

»Es würde aber verdammt gut passen, oder?«

»Das ist zu weit hergeholt, Chas«, meinte ich.

»Also, irgend jemand läßt Informationen raus.«

»Ja, aber Autry gehört zur Company«, gab ich zu bedenken.

»Glauben Sie etwa, daß es bei denen keine Doppelagenten gibt?«

»Nein, natürlich nicht«, gab ich zu.

»Gut. Auf geht's also. McKenzie wartet.«

»Moment, da ist noch was.«

»Herrgott! Was denn noch?«

»Die kleine Schwester«, sagte ich. »Sie haben mir nie gesagt, was –«

»Die anderen haben es drauf ankommen lassen. Sie konnten ihn physisch ähnlich hinkriegen, ihm den Blinddarm herausnehmen und so weiter, aber bei den Augen klappte es nicht. Katya sagt, ihr Bruder habe blaue Augen gehabt.«

»Vielleicht romantisiert sie da unbewußt. Der liebe kleine Bruder . . . das süße blauäugige Baby . . . sie hat ihn seit vierzig Jahren nicht gesehen.«

Charlie warf einen Blick auf die Uhr. »Hören Sie mal«, sagte er, »kommen Sie jetzt mit oder nicht? Entschließen Sie sich endlich.«

Eine halbe Stunde später saßen wir im düsteren Wohnzimmer des Stützpunktes. Ich dürstete nach dem Whisky, den mir Denvers nicht einschenken wollte, weil Charlie es verboten hatte. Ich hatte ein zwangloses Gespräch mit Jock, während die anderen Anwesenden das eine oder andere im Operations Room zu erledigen hatten. Sie mußten die Tür offengelassen haben, denn gelegentlich, wenn Denvers sich einen neuen Sargnagel anzündete, konnten wir sein gedämpftes Husten hören. Unser Gespräch wechselte ständig den Gegenstand, und ich erinnere mich nicht mehr, wie wir auf dieses Thema kamen, aber McKenzie ließ sich über die Gerechtigkeit der britischen Justiz aus.

»... sehr wahrscheinlich die beste auf der Welt.«

»Was erzählen Sie da – die Beste für wen?«

»Nun, für die Menschen natürlich.«

»Ist das Ihre ehrliche Überzeugung?«

»Ja, Sir. Stimmen Sie mir nicht zu?«

»Den Teufel stimme ich Ihnen zu«, antwortete ich. »Sie reden eine Menge Blech. Gerechtigkeit ist ein schönes, abstraktes Konzept. Es ist nicht mehr als eine Idee.«

»Aber unser britisches Rechtssystem –«

» – ist nur ein Monopol der Großindustrie, das von einem geschlossenen Kartell gesteuert wird. Gerechtigkeit ist eine Ware, die getauscht, gekauft und verkauft wird. Je mehr man sich davon leisten kann, desto mehr bekommt man auch.«

»Nicht doch, Sir. Sie halten mich zum Narren.«

»Tu ich das? Sie werden es noch begreifen, wenn Sie ein bißchen älter sind.«

»Und was ist mit der Rechtshilfe?«

»Eine tolle Sache – für die Gauner, die keine sichtbaren Mittel haben, um sich vor Gericht zu verteidigen. Ansonsten ist es einfach eine schöne Einrichtung, mit deren Hilfe die Kartellmitglieder Riesensummen aus dem Staatssäckel auf ihre eigenen Bankkonten umleiten.«

»Sind Sie nicht ein bißchen zu zynisch?«

»Zynisch, Scheiße! Warum kostet ein Prozeß gegen einen halbstarken Mörder wohl eine halbe Million Pfund? Was glauben Sie denn, wer letztendlich das ganze Geld bekommt?«

»Welches ganze Geld?« fragte Charlie. Die Tür stand offen, keiner von uns beiden hatte ihn hereinkommen hören. Er sah Jock an, dann wieder mich. »Welches Geld?« fragte er noch einmal.

»Das ganze Geld, das die Sektion spart, weil Sie Ihre Spesen nicht abrechnen«, entgegnete ich.

»Spielen Sie schon wieder den Clown, Farrow?«

»Wir haben nur ein bißchen geklönt.«

»Lassen Sie das jetzt und ziehen Sie sich den Mantel an.«

»Wohin jetzt?« erkundigte ich mich.

»Das werden Sie schon sehen. Machen Sie sich fertig.«

Als es soweit war, wurde unser Aufbruch allerdings verzögert. Wir standen im Flur, wollten gerade gehen, als Denvers' Frühwarnsystem einen Piepser von sich gab. Denvers runzelte die Stirn und schüttelte den Kopf in Charlies Richtung, um zu sagen, daß er niemanden erwartete.

»Das sehen wir uns einfach mal an«, sagte er.

Er ging ins Wohnzimmer zurück. Wir gingen hinter ihm her. Es sah aus wie ein ganz gewöhnlicher Fernseher, und das war es natürlich auch, aber er war nicht auf BBC eingestellt. Jack bückte sich und stellte das Ding an, und wir sahen ein verschwommenes Bild auftauchen. Es handelte sich um eine Infrarot-Kamera, und es mußte eins der neuesten Modelle sein. Ein Wagen fuhr neben unseren, und die beiden vorderen Türen öffneten sich.

»Das ist Marshall«, sagte Denvers. »Aber wen hat er bei sich?«

»Das ist Farrows spezieller Freund«, erklärte Charlie, »einer unserer Vettern, Toomey mit Namen.«

»Was zur Hölle will der denn hier?«

»Finden wir's raus Jack, was?«

»Ich mache ihnen auf«, sagte Denvers. Er drehte sich an der Tür um. »Und hören Sie, Charlie . . .«

»Ja?«

»Vorsichtig, ja?«

»Ich verstehe nicht, was Sie meinen, Jack.«

»Ich meine – keinen Ärger, okay?«

Er wartete die Antwort nicht ab. Wir hörten, wie er die Tür öffnete. Charlie deutete an, daß wir uns setzen sollten. Er blieb am Kamin stehen. Jock wurde nur mit einem Blick abgefertigt, weil er noch neu im Geschäft war und es daher unter ihrer Würde war, ihm Beachtung zu schenken. Charlie stand reglos da, wie die gutgekleideten Puppen bei Burton's im Schaufenster. Marshall prallte zurück. Toomey zog schnell die Hände aus den Taschen.

»Setzen Sie sich doch«, begann Denvers.

Marshall fand die Sprache wieder. »Wir bleiben stehen.«

»Wie Sie wollen«, sagte Denvers.

»Was machen die denn hier?« fragte Marshall.

»Sie sind auf einen Sprung vorbeigekommen«, erklärte Denvers.

»Was geht hier vor, McGowan?«

»Was soll hier vorgehen?« fragte Charlie zurück. »Wollen Sie andeuten, daß wir die Einrichtung nicht benutzen dürfen?«

»Nein, das nicht«, antwortete Marshall. »Ich frage Sie bloß, was läuft. Ich habe ein Recht darauf, das zu erfahren. Den Befehlen nach haben Sie mich auf dem laufenden zu halten.«

»Das gilt für beide Seiten«, entgegnete Charlie. »Wer hat Ihnen erlaubt, unseren amerikanischen Vettern den Stützpunkt zu zeigen?«

»Hören Sie mal –«, fuhr Toomey auf.

»In Ordnung, Francis. Ich regele das schon.«

Die Art, wie er das sagte, machte mir Sorgen. Er war einfach zu selbstgefällig. Wie die Katze beim Sahnelecken oder ein Kind mit einem Kricketschläger. Er wußte etwas, was wir nicht wußten. Ich merkte, daß Charlie das spürte, als er Marshall zum Weiterreden aufforderte. »Dann regeln Sie mal.«

»Mit Vergnügen«, sagte Marshall. »Wir – Mister Toomey und ich – haben die Lage im Griff. Wir werden demnächst alles aufklären.«

»Tatsächlich?« fragte Charlie.

»Ja. Sie und Ihre Hampelmänner können also nach Hause gehen.«

»Vorsicht, Marshall«, rief ich, »dieser junge Mann hat blaues Blut in den Adern.«

»Oh? Dann ist es schon gar nicht zu begreifen, wie er sich mit einer solch kompromittierenden Gesellschaft umgeben kann.«

»Arschloch!«

»Lassen Sie das, Farrow«, sagte Charlie. Er wandte sich an Marshall. »Was wissen Sie?«

»Alles, was ich Ihnen zu sagen habe, ist, daß einer der Company-Männer eine heiße Spur verfolgt. In ein paar Stunden ist alles vorbei.«

»Sie meinen, Sie haben das Leck gestopft und den Bösewicht von Menwith geschnappt?«

»Genau so ist es.«

»Gratuliere, Marshall. Das war saubere Arbeit.«

Marshalls Überlegenheitsgefühl wuchs sichtlich. »Für so was braucht man eben richtige Profis.«

»Daran liegt es also?« erkundigte sich Charlie.

»Kopfarbeit, keine Schlägertaktik.«

»Wir können sonst nichts«, meinte Charlie. »Unser Farrow hier ist zum Beispiel nie über die Grundschule hinausgekommen.«

»Aber ich war einer der besten in meiner Klasse«, warf ich ein. »In Heimatkunde war ich der Primus.«

»Und Sie sind ein sehr guter Koch, Sir«, fügte Jock hinzu.

Es war schwer auszumachen, ob Marshall hustete oder ob er lachte. Marshall war offensichtlich davon überzeugt, daß er hustete. Toomey war nicht ganz so begriffsstutzig.

»Major, diese Bastarde machen sich über uns lustig!«

Marshall stieg die Röte ins Gesicht, aber er war noch unsicher. »Lassen Sie sie doch, Francis«, sagte er. »Wer zuletzt lacht, lacht am besten.«

»He, das ist gut!« rief Charlie bewundernd aus. »Das war geistreich, nicht wahr, Farrow?«

»Und originell obendrein«, bestätigte ich. »Ein neuer Oscar Wilde befindet sich mitten unter uns.«

»Oder Ihr Namensvetter, Sir«, meinte Jock, »der weise alte Marcus Aurelius.«

»Danke, mein junger Freund«, sagte ich. »Nett, daß Sie das erwähnen.«

»Herrgott noch mal!« fluchte Toomey. »Müssen wir uns diesen Schwachsinn anhören?«

Sogar Marshall hatte es langsam gemerkt. »Nein«, sagte er. »McGowan, Sie haben eine neue Anweisung.«

»Nein, habe ich nicht. Nicht von Ihnen.«

»Hören Sie – ich sage Ihnen –«

»Sie haben mir überhaupt nichts zu sagen. Nur ein einziger

Mann sagt mir, was ich zu tun habe, und dem können Sie nicht das Wasser reichen.«

»Dann melden Sie sich bei ihm.«

»Das geht nicht, er ist unerreichbar. Er ist übers Wochenende zur Jagd und wird nicht vor Montag früh zurück sein.«

Das mochte die Wahrheit sein, und wenn es wahr sein sollte, dann war es kein simpler Zufall. Der Boß konnte nicht für Dinge zur Rechenschaft gezogen werden, von denen er nichts wußte.

»Praktisch«, sagte Marshall. Er sah auf die Uhr, lächelte Toomey zu, und sah dann wieder Charlie an. »Egal, das spielt auch keine große Rolle. Ich rate Ihnen, machen Sie es wie Ihr Boß. Verschwinden Sie. Nehmen Sie sich das Wochenende frei. Spielen Sie Golf, arbeiten Sie mit der Laubsäge, sehen Sie fern.«

»Was ist mit Pfeilwerfen?« fragte Charlie.

»Vergessen Sie Domino nicht, Charlie.«

»Vielleicht ein paar Runden Bridge?«

»Diese Arschlöcher wollen uns schon wieder auf den Arm nehmen!«

»Nicht mehr lange, Francis«, beruhigte ihn Marshall. »Und jetzt, McGowan, wenn Sie hier soweit fertig sind . . .«

»Für den Augenblick schon«, antwortete Charlie. »Jack, wir sehen uns dann später.«

Jack brachte uns zur Tür und öffnete wortlos. Aber Charlie klopfte ihm auf die Schulter, und der Blick, den die beiden austauschten, konnte so ziemlich alles bedeuten. McKenzie schloß den Wagen auf. Charlie setzte sich neben ihn und überließ mir den Rücksitz.

»Wohin, Sir?«

»Am Tor scharf rechts abbiegen«, sagte Charlie, »dann die erste links. Parken Sie dort.« Jock tat wie geheißen, dann stellte er den Motor ab und löschte alle Lichter. »Und jetzt«, fuhr Charlie fort, »Jock, gehen Sie an die Ecke. Kommen Sie dem Haus nicht zu nah, sonst sehen die Sie auf dem Monitor. Sobald Marshall geht, kommen Sie im Affenzahn zurück.«

Als McKenzie weg war, fragte ich: »Was geht eigentlich vor, Charlie?«

»Das wissen wir noch nicht, oder?« entgegnete er.

»Glauben Sie, daß Jack Denvers uns das verraten wird?«

»Genau das wird er tun«, meinte Charlie. »Wir haben eine Menge gemeinsam. Er haßt Toby Marshall wie die Pest.«

»Das mag sein«, sagte ich, »aber er arbeitet nicht mehr für die Sektion, wie Sie wissen. Er gehört jetzt zum DI5.«

»Er leitet auch den Stützpunkt, das gibt ihm einen gewissen Spielraum. Außerdem weiß er, daß wir ihn nie auffliegen lassen würden.«

»Angenommen, Marshall hat die Wahrheit gesagt? Ich meine, was ist, wenn sie die Sache wirklich geknackt haben?«

»Marshall könnte nicht einmal eine Haselnuß mit einem Vorschlaghammer knacken.«

»Aber er ist auf irgend etwas gestoßen«, sagte ich. »Der Bastard ist so selbstgefällig wie ein Metzgerhund.«

»Ist er das? Wir werden ja sehen«, sagte Charlie. »Meiner Ansicht nach haben ihm die anderen nur einen Köder hingeworfen. Ein Opferlamm.«

»Wenn das so ist, dann ist er ihnen ganz sicher auf den Leim gegangen – und unser lieber Cousin genauso.«

»Und?«

»Toomey ist kein Trottel, Charlie. Machen Sie da keinen Fehler.«

»Es ist mir gleichgültig, was er ist, der kann hier nicht einfach reinschneien und uns zum Affen machen.«

»Er hat es ja schon zweimal versucht«, erinnerte ich. »Vielleicht denkt er, beim dritten Mal hätte er mehr Glück.«

»Wann war das zweite Mal?« wunderte sich Charlie.

»Zuerst in Burgos, das zweite Mal in Hamburg.«

»Ach, richtig. Und da waren Sie ja ganz auf sich allein gestellt. Gott, er ist doch ein Trottel.«

»Danke, mein Freund«, sagte ich. »Es ist nett, wenn man so viel Wertschätzung spürt.«

»Ah – da kommt McKenzie«, stellte er fest.

Jock tauchte aus der Dunkelheit auf und rutschte auf den Fahrersitz. Er atmete schwer. »Sie sind gerade aufgebrochen, Sir.«

»Alle beide?«

»Ja.«

»Sind Sie sicher?«

»Nun, Sir, ich habe natürlich nicht die Gesichter erkannt, aber es waren zwei Leute im Wagen.«

»Das reicht. Gut, auf geht's.«

»Wohin, Sir?«

»Zurück zum Haus. Ihr beide könnt im Auto warten.«

»Vergessen Sie es, Charlie!« sagte ich. »Das ist jetzt die Endphase, wir sind schon zu weit vorgedrungen, als daß Sie uns im dunkeln tappen lassen könnten.«

»Hören Sie mal, Farrow –«

»Nein, mein Lieber. Jetzt müssen *Sie* sich entschließen.«

»Ich denke an Denvers«, sagte er. »Jack wird bei einem solchen Menschenauflauf nicht reden.«

»Allmächtiger Gott«, entfuhr es mir, »wir sind kein Auflauf, wir sind ein Team, verdammt. Wenn Denvers was ausspucken will, spielt es doch keine Rolle, ob wir dabei sind oder nicht!«

Er ließ sich nicht zu einer Antwort herab, aber er erhob auch keine weiteren Einwände, als wir alle aus dem Wagen stiegen und ihm zur Tür des Stützpunktes folgten. Denvers ließ uns ein. Er sah irgendwie nicht besonders glücklich aus. In der Hand hielt er ein Glas; ich bemerkte den Geruch seines guten Malt-Whiskys.

»Nun, Jack?« begann Charlie. Jack schürte im Feuer und legte Kohle nach, wie um Zeit zu gewinnen. Dann nahm er einen Schluck von seinem Whisky und zündete sich eine Zigarette an der Kippe einer anderen an, die er vorher geraucht hatte.

»Es sieht nicht gut aus, Charles«, sagte er, »ich meine, nicht gut für euch Jungs.«

»Wie kommen Sie darauf?« fragte Charlie.

»Also, Sie können sich ebensogut hinsetzen. Legen Sie Ihre Mäntel über den Stuhl hier. Währenddessen hole ich mir noch einen.« Er trank sein Glas aus und hob seine Augenbrauen in meine Richtung.

»Sie auch einen?«

Ich wollte schon, aber: »Nein, danke, Jack.« Ich hatte einen Sieg errungen, und das würde reichen, bis wir nach Hause kamen.

»Sie, McKenzie?«

»Nein, danke, Sir.«

»Gut. Bin gleich wieder da.«

Wir legten die Mäntel ab und setzten uns. Charlie setzte sich auf die Armlehne eines Stuhls, strich seine Hose glatt und korrigierte seinen Schlipsknoten. Er polierte seine Brillengläser mit einem sauberen, weißen Taschentuch, als Denvers zurückkam. Mit seinen hellen Augen verfolgte er Denvers, wie er durch den Raum ging und sich, den Blick in unsere Richtung, mit dem Rücken am Kamin postierte.

»Schießen Sie los«, fing Charlie an, »was haben Sie für tolle Neuigkeiten?«

»Wie ich Ihnen sagte«, antwortete Jack, »nichts Gutes für Sie. Sie haben in die falsche Richtung geschossen.«

»Nun, was halten Sie davon, Farrow?«

»Man kann nicht immer gewinnen, Chas«, antwortete ich.

Jack wurde von einem Husten geschüttelt. Als das vorüber war, sagte er: »Es tut mir sehr leid, Chas, aber Marshall und Toomey haben die Sache im Kasten.«

»Schön für sie«, sagte Charlie. »Wie haben sie das hingekriegt? Wie hat sich das Ganze abgespielt?«

Denvers schüttelte den Kopf. »Nein, geht nicht, Charles –«

»Kommen Sie schon, Jack!« sagte Charlie, »Herrgott, erinnern Sie sich noch? Ich bin der Kerl, den Sie damals in Prag rausgehauen haben! Der Kerl, der –«

»Ja, ja, das weiß ich. Aber die versuchen mich loszuwerden, wie's aussieht, aus gesundheitlichen Gründen. Wenn sie rauskriegen, daß ich Ihnen erzählt habe ...«

»Sie werden es nicht rauskriegen! Sagen Sie mir, was Sie wissen, und wenn ich es nicht gebrauchen kann, ohne die

Quelle zu verraten, werde ich überhaupt keinen Gebrauch davon machen. Und das ist ein Versprechen, Jack – mein Ehrenwort.«

Denvers starrte Charlie lange Zeit an. Schließlich nickte er. »Okay, ihr sollt Bescheid wissen«, seufzte er. »Was spielt das auch für eine Rolle? Schließlich stehen wir alle auf der gleichen Seite.«

Ich fand, daß er krank und müde aussah. Das war er wahrscheinlich auch, wegen dieser Geschichte. Er seufzte. »Wenigstens ist es keiner von uns.«

»Wer?« drängte Charlie.

»Das Leck in Menwith, ein Typ namens Kovaks, er lebt in Farnham«, erklärte Jack. »Sieht so aus, als hätte ihn einer der Company-Leute dort schon seit einiger Zeit verdächtigt.«

»Wo kommt er her, und was war seine Aufgabe?«

»Er kommt aus Washington«, antwortete Jack. »Einer ihrer vertrauenswürdigsten Leute.«

»Das ist immer so«, sagte Charlie. »Sonst wären sie ja auch nicht so nützlich. Egal, machen Sie weiter. Wer von den Leuten vor Ort kriegt den Orden?«

»Gene Autry, stellen Sie sich vor.«

»O ja, genau das hatte ich vermutet.«

»Wieso? Kennen Sie den etwa?«

»Nein, noch nicht. Aber ich werde ihn kennenlernen.«

»Vergessen Sie nicht, was Sie –«

»Nein«, unterbrach Charlie, »das stammt nicht von Ihnen. Keine Angst. Können Sie uns noch mehr sagen?«

Denvers drehte sich um und sah auf die Uhr auf dem Regal über dem Kamin. Ich sah auf meine Armbanduhr. Es war Viertel vor zehn.

»Es hat schon angefangen«, sagte Jack. »Autry und so ein junger Spund namens Rossi nehmen ihn gerade in die Zange. Marshall und Toomey sind hingefahren, um den Sack zuzubinden.«

»In dem Fall«, sagte Charlie, »brauchen sie die Special Branch, um die Festnahme vorzunehmen.«

»Das ist schon arrangiert«, erwiderte Denvers. »Marshall hat mit einem Typ in Leeds gesprochen.«

»Billy Brough?«

»Ich weiß nicht. Marshall hat nur gesagt, daß es geklärt ist.«

»Prima, Jack«, sagte Charlie. Seine Brillengläser schienen zu funkeln. »Das war die beste Information, die Sie uns geben konnten, alter Junge. Jetzt lassen wir Sie in Ruhe. Darf ich Ihr Telefon benutzen?«

»Ja, aber nehmen Sie dieses andere hier«, sagte Jack. Sie verließen gemeinsam das Zimmer.

»Was glauben Sie, was eigentlich vorgeht, Sir?« fragte mich Jock.

»Keine Ahnung, aber ich sage Ihnen was: Es sieht so aus, als ob Sie bald nach Hause dürfen. Nicht, daß mir die Tage mit Ihnen keinen Spaß gemacht hätten.«

»Ich bin nicht sicher, ob ich Sie verstehe.«

»Zerbrechen Sie sich nicht den Kopf darüber. Das tue ich auch nicht. Jedenfalls nicht allzuviel«, antwortete ich.

»Glauben Sie, daß die ganze Geschichte erledigt ist?«

»Marshall glaubt das. Unser Herr und Meister hat andere Vorstellungen.«

»Und Sie, Sir?« fragte Jock.

»Lassen Sie es mich so ausdrücken: Charlie *könnte* unrecht haben . . .«

»Glauben Sie, daß er unrecht hat?«

»Leider nicht. Er hat so oft recht, daß es einen rasend machen kann.«

»Aber es gibt einem auch ein Gefühl der Sicherheit, finden Sie nicht?«

»Wie man's nimmt, Jock. Wenn ein Wahrsager eine Katastrophe vorhersagt, und recht behält . . .«

»Denken Sie, daß es Schwierigkeiten geben wird?«

»Da können Sie Ihren edlen Kopf drauf wetten«, sagte ich. »Haben Sie die kleine Spielzeugpistole noch, die ich Ihnen gegeben habe?«

Er klopfte auf seine Tasche. »Ja.«

»Halten Sie sie griffbereit, für alle Fälle.«

»Was ist mit Ihnen?«

»Ich komme klar. Charlie auch. Passen Sie auf sich selber auf.«

»Ich hätte nichts gegen ein bißchen Action«, meinte er. »Bis jetzt war es ziemlich langweilig.«

»Langweilig bedeutet auch sicher, Jock, vergessen Sie das nicht.«

»Das ist sicher richtig, Sir«, räumte er ein.

Mir war klar, daß er das nicht wirklich meinte, denn so ist die Jugend nun mal. Es hatte eine Zeit gegeben, da hatte ich genauso empfunden. Jetzt wollte ich nur noch nach Hause, einen Schluck trinken und mich in mein schönes, warmes Bett legen und über das alles in einem Buch von John le Carré lesen.

Schritte im Flur, und Denvers kam herein, Charlie hinterher. Er rieb sich seine fleckigen Hände. »Gut, Jungs. Noch ein Anruf, dann können wir verduften.« Ich fragte ihn, ob er mit Brough gesprochen hatte. »Nicht direkt, er ist auf dem Weg nach Farnham, aber er wird uns anrufen, wenn er angekommen ist.« Er wandte sich an Denvers. »Auf diese Weise wird es Billy gewesen sein, der geplappert hat – okay? Das hat mit Ihnen gar nichts zu tun.«

»Also, Angst habe ich keine.«

»Nein, nein, aber es ist das beste, wenn wir Sie da raushalten. Sie haben uns schon genug geholfen.«

»Tut mir leid, daß ich diese Überwachung nicht arrangieren konnte, die Sie haben wollten. Wir haben einfach nicht genug Leute.«

»Verstehe, Jack. Das ist jetzt auch nicht mehr wichtig.«

»Ich nehme an, wir fahren nach Farnham, Charlie?«

»So ist es«, bestätigte er.

»Ich denke, wir wollten uns die Iwans vorknöpfen?«

»Die Iwans können noch warten«, sagte Charlie. »Ihr Flug geht nicht vor morgen früh.«

»Um wieviel Uhr?«

»Halb elf.«

»Wir könnten sie auf dem Weg zum Flugplatz schnappen.«

»Ja, das könnten wir einfach tun«, stimmte er zu. »Zuerst sehen wir mal nach, was in Farnham los ist, und kümmern uns um Marshall und Toomey.«

Plötzlich begann die Stehlampe zu flackern. »Das ist das andere Telefon«, sagte Denvers. »Wahrscheinlich für Sie, Charles.«

Charlie eilte davon, und Denvers warf mir ein Grinsen zu. »Einen auf die schnelle, bevor Sie gehen?«

»Nein, lieber nicht, Jack. Ich kippe den guten Malt-Whisky nicht gerne einfach so runter.«

»Unser gemeinsamer Freund ist ein bißchen ungemütlich, was?«

»Nicht mehr als gewöhnlich«, entgegnete ich. »Eins steht fest, er verschwendet nie Zeit an irgend etwas.«

»Das können Sie laut sagen.«

»Eines Tages wird er ruhiger werden.«

»Glauben Sie? Da würde ich keinen Pfennig drauf wetten«, erwiderte ich. »Der rennt noch zu seiner eigenen Beerdigung.«

Jedesmal wenn Denvers lachte, mußte er husten. Er rieb sich die tränenden Augen und zündete eine neue Kippe an und hustete wieder. »Das ist gut, das gefällt mir«, sagte er. »Ich kann ihn mir dabei richtig vorstellen.« Er ging wieder hinaus zu seiner Flasche in der Küche. McKenzie sah auf die Uhr.

»Es ist schon fast zehn, Sir.«

»Ich weiß, erinnern Sie mich nicht daran«, antwortete ich. »Wenn wir vor Mitternacht zu Hause sind, können wir von Glück sagen.«

»Ich dachte gerade an die Hunde.«

»Ich auch. Die werden wohl warten müssen.«

»Ich führe sie raus, wenn wir zurückkommen«

»Nett von Ihnen, Jock. Ich nutze Sie aus.«

»Überhaupt nicht. Es macht mir nichts aus.«

»Was macht Ihnen nichts aus?« Das war Charlie. »Wo ist Denvers?«

»In der Küche, einen heben«, sagte ich. »Bemerke ich eine gewisse Euphorie an Ihnen, Charlie?«

»Bemerken Sie, was Sie wollen«, erwiderte er.

»Was gibt's Neues aus Farnham?«

»Da liegt alles voller Leichen«, berichtete er. »Drei Stück an der Zahl – Autry, Rossi und Kovaks.«

»Das glaube ich einfach nicht«, sagte ich, »was zur Hölle ist denn dort passiert?«

»Wenn Sie sich das nicht denken können, Farrow«, sagte er, »dann sind Sie fast so begriffsstutzig wie Marshall.«

»Also, das ist wirklich gemein«, sagte ich.

Das winzige Dorf Farnham, ein paar Meilen nördlich vom historischen Knaresborough gelegen, hatte wohl kaum mehr etwas so Aufregendes erlebt, seit Guy Fawkes in der kleinen Dorfkirche geheiratet hatte. Ironischerweise. Aus den Fenstern sämtlicher Häuser strömte Licht, und bei manchen brannte die Außenbeleuchtung. Es schien, als stünden alle Dorfbewohner in Gruppen zusammen. Sie diskutierten, gegen die nächtliche Kälte vermummt, und blockierten die einzige Straße. Ich ließ die Hand auf der Hupe, um die Leute dazu zu zwingen, uns Platz zu machen, was sie auch widerwillig taten. Die meisten der Dörfler bückten sich, als wir vorbeifuhren, um einen Blick in den Wagen zu erhaschen.

Das Landhaus, das ein gutes Stück hinter einem schlecht gepflegten Garten lag, war leicht zu finden, weil alle dorthin drängten. Man kam aber nicht heran, denn die örtlichen Gesetzeshüter hatten eine Sperre quer über die Zufahrt gesetzt. Als ich mit dem Rover vor der Absperrung hielt, trat ein uniformierter Sergeant auf uns zu. Charlie kurbelte das Fenster herunter, und ein Blick auf seinen Ausweis, den er dem Sergeant ins Licht der Taschenlampe streckte, brachte uns einen freundlichen Gruß ein.

»Ah, Mister McGowan, Sir, Sie werden erwartet – he, Kumpel, schieb die Sperre beiseite, laß die beiden Herren durch.«

Beide Wegränder hinter der Barriere waren mit hastig geparkten Autos vollgestellt, und ich mußte an acht oder neun Wagen vorbei, bevor ich einen freien Platz fand. Mehrere der Streifenwagenfahrer saßen an ihren Funkgeräten, und als wir den heckenumsäumten Weg entlang zum Haus gingen, konnten wir das Krächzen des Funkverkehrs hören. Unsere Ankunft provozierte neugierige Blicke, aber der Polizist auf der kleinen Veranda mußte über uns informiert worden sein, denn er trat beiseite und salutierte auf Charlies Nicken hin.

Das Haus bestand, wie so viele in den alten Dörfern Yorkshires, aus zwei ehemaligen Farmarbeiterhütten. Jetzt, herausgeputzt und zu einem zusammengefügt, hatte es zwei große Räume mit einem langen, schmalen Mittelgang, der die Treppe und den Zugang zur Küche enthielt, die hinten angebaut war. Als wir eintraten, Charlie vorneweg, kam Billy Brough die Treppe heruntergestapft. Er schien sie vollkommen auszufüllen. Er hob die Hand, groß wie eine Kohlenschaufel.

»Hallo, Charles.«

»Wie geht es Ihnen, Billy?«

»Marcus, altes Haus, wie geht's?«

»Oh, ich kann nicht klagen, Billy.«

»Wer ist denn das?«

»Jock McKenzie«, antwortete ich. »Er tritt in unsere Fußstapfen.«

»Dann wünsch ich ihm viel Glück«, sagte Billy. Er deutete mit dem Kopf zu einer Tür zu unserer Rechten. »Komm, gehen wir da rein, und ich werde euch über alles aufklären.«

Es schien mir, daß Billy im Gesicht älter wirkte, obwohl er seine massige Gestalt noch mit der gleichen respekterheischenden Haltung trug. Er hatte noch all sein Haar, immer noch bis auf Stoppelhöhe gekürzt. Sein breites und kräftiges Kinn zierte ein Drei-Tage-Bart, der in einen struppigen Schnäuzer überlief. Er bot uns zur Begrüßung keine Hand an, weil er uns gut genug kannte, um zu wissen, daß Charlie nie die Hand gab. Das Zimmer, in das er uns schob, wurde von einem modernen Gasofen geheizt. Die vier Leute, die sich im Zimmer aufhielten, hatten dennoch ihre Mäntel angelassen. Einer von ihnen, ein junger Fotograf in voller Montur, sprang erwartungsvoll auf die Beine.

»Können wir jetzt nach oben?« fragte er.

»Noch nicht«, antwortete Billy, »Geduld, mein Junge.«

»Herrgott«, schimpfte der junge Mann, »was zum Teufel treiben die denn da oben?«

»Eine gute Frage«, schaltete sich ein zweiter Mann ein. Dieser Mann, älter und elegant gekleidet, hielt eine schwarze Arzttasche auf dem Schoß.

»Ich habe morgen Frühdienst.«

»Ist in Ordnung, Doc«, beruhigte ihn Billy, »ich glaube nicht, daß wir Sie noch brauchen.«

»Danke sehr«, sagte der Arzt. »Dann verabschiede ich mich jetzt.«

»Ja. Gute Nacht.«

Als der Arzt wegging, nickte Billy den anderen zu.

»Okay, ihr beide«, sagte er, »Sie und Lord Lichfield können die Küche benutzen. Machen Sie sich einen Tee.«

Sie gingen hinaus. Der junge Fotograf knurrte. Billy schloß die Tür. Springs stöhnte und grunzte, als er seine Masse in einen der Sessel schob. Charlie nahm den Sessel gegenüber, so daß für McKenzie und mich nur das Chintzsofa blieb, auf das wir uns setzten. Charlie nahm die Brille ab und wedelte eines seiner Taschentücher hervor.

»Danke für Ihren Anruf, Billy.«

»Also, ich sage Ihnen«, begann Billy, »dieser Freund von Ihnen, Marshall, hat sich hier wirklich was Tolles geleistet.«

»Er ist nicht mein Freund«, erwiderte Charlie, »und mir ist egal, was diese Arschgeige sich leistet.«

Billy kicherte. »Mir auch. Er scheint ziemlich bescheuert zu sein.«

»Da treffen Sie ins Schwarze«, meinte Charlie. »Aber was hat sich hier eigentlich abgespielt?«

»Eine Schießerei«, antwortete Billy. »Zuerst hat einer auf die beiden anderen geschossen, aber einer von denen hat noch zurückschießen können. So sieht es jedenfalls aus.«

»Wie viele Waffen?«

»Zwei. Der Typ, den Ihr Amerikaner als Rossi identifiziert hat, hatte keine«, berichtete Brough. »Geschossen haben nur Autry und Kovaks.«

»Lassen Sie mich raten«, sagte Charlie. »Kovaks war der, der die zwei Treffer erzielt hat.«

»Daran besteht kein Zweifel, Charles«, bestätigte Brough, »das ergibt sich aus der Stellung der Leichen. Ja, er hat die beiden anderen angeschossen, und Autry konnte noch einmal feuern, bevor er ins Gras gebissen hat.«

»Sehr hübsch«, sagte Charlie. »Und wer ist jetzt oben?«

»Drei Mann von der Spurensicherung, Marshall und der Ami«, sagte Billy. »Die haben heute ihren großen Tag. Dieser Kovaks war ein ziemliches Schwergewicht. Seine Wohnung ist ausgestattet wie die Zentrale in Moskau. Er hat eine Mikrofilmausrüstung, eine Kamsikow-Mark-5-Funkanlage – was das Herz begehrt. Dieser Komiker hatte einfach alles.«

»Sie glauben wohl nicht, daß man ihm das untergeschoben haben könnte?«

»Nein, Charles, unmöglich«, sagte Billy. »Das meiste Zeug war schon seit einer ganzen Weile fest eingebaut. Er muß da schon eine ganze Weile zugange gewesen sein.«

»Kovaks war also ein richtig böser Bube.«

»Ja, aber nicht unersetzlich, Charlie«, sagte ich.

»Farrow, es wird immer vielversprechender mit Ihnen.«

»Danke, Charlie«, sagte ich. Ich wandte mich an Billy. »Kovaks Waffe – war das eine Beretta Brigadier?«

»Oho! Ihr kleinen Mistkerle verheimlicht mir da was.«

»Ja oder nein?« fragte ich.

»Ja. Jetzt sagen Sie mir noch, was für eine Waffe Autry benutzte.«

»Das spielt keine Rolle«, sagte ich.

»Oh! Und warum nicht?«

»Das sage ich Ihnen später. Was hatte er denn für eine Waffe?« fragte Charlie.

»Eine verdammt große Kanone, einen 45er Colt. Und er

konnte damit umgehen«, erklärte Billy. »Er hat Kovaks glatt die Schädeldecke weggepustet.«

»Ein Kopfschuß, wie?« fragte Charlie. »Warum sollte ein tödlich Verletzter so was Diffiziles versuchen?«

»Wahrscheinlich hat er das gar nicht. Er hatte einfach nur Glück.«

»Bei diesem Glück«, meinte Charlie, »hätte es ihn von Anfang an gar nicht selbst erwischt.«

»So was ist schon früher passiert, Charles«, erklärte Brough.

»Vielleicht, aber nicht so verdammt oft. Wer war eigentlich zuerst am Tatort?«

»Der Mann aus dem Nebenhaus hat das Feuerwerk gehört und die Polizeistation im Ort angerufen. Der Streifenwagen war kurz vor Marshall da. Der war offensichtlich sowieso auf dem Weg hierher.«

»Ja, das stimmt.«

»Das wußten Sie also, oder?« fragte Brough. »Dann kommen Sie schon, heraus damit – was haben Sie vor?«

»Um die Wahrheit zu sagen«, gab Charlie zu, »da sind wir selbst noch nicht so sicher.«

»Verdammt, natürlich sind Sie das. Ich kenne Sie doch«, sagte Brough.

»Ja, Billy, ich weiß. Aber lassen Sie uns nur machen, wir halten Sie auf dem laufenden, okay?«

»Gehen Sie nicht rauf, um Ihren Kollegen guten Tag zu sagen?«

»Nein, ich glaube, das lassen wir«, sagte Charlie. »Das würde nur zu Unannehmlichkeiten führen.«

»Oh, das wollen wir aber nicht«, sagte Billy. »Soll ich denen dann was ausrichten?«

»Sie könnten ihnen sagen, daß wir kurz hier waren.«

»Soll ich ihnen sagen, daß Sie leider nicht bleiben konnten?«

»Nun – wir wollen doch nicht unaufrichtig klingen.«

Diese kleine Konversation spielte sich ab, als wir schon auf dem Weg zur Tür waren. Brough brachte uns hinaus. »Bis bald und viel Glück, Charles. Auch für Sie, Marcus – auf Wiedersehen, junger Mann.«

»Auf Wiedersehen, Sir«, sagte McKenzie. Das waren seine ersten Worte, seit wir drei aus dem Wagen gestiegen waren. Der Junge war wirklich ein guter Zuhörer. Was in seinem Job genauso wichtig ist.

»Wie wär's mit einer guten Tasse Kakao?«

»Bedienen Sie sich, Chas«, antwortete ich. »Ich werde einen Schlummertrunk zu mir nehmen.«

»Ich gehe mit den Hunden raus«, sagte Jock.

»Nehmen Sie sie besser an die Leine, falls irgendwo eine heiße Hündin rumläuft. Ein Düftchen und Sie sehen die beiden nie wieder.«

»Verdammte Köter«, knurrte Charlie.

»Kakao steht im Schrank, Charlie, der Zucker ist in der Dose, und im Kühlschrank steht Milch. Haben Sie auch alles begriffen?«

»Ich warte, bis Jock zurückkommt«, erwiderte er.

»Ja, das habe ich mir gedacht.«

»Ich bin bald wieder zurück, Sir.«

»Lassen Sie sich nur Zeit, Jock«, sagte ich. »So spät am Abend müssen die Hunde sich richtig auspinkeln.«

»Okay, okay«, sagte Charlie. »Ich nehme dann erst mal ein Bad. Farrow, schüren Sie das Feuer.«

»Soll ich auch Ihre Puschen anwärmen? Den Bademantel vorwärmen? Ihren Pyjama lüften?«

»Rutschen Sie mir den Buckel runter.«

»Ich versuch bloß, Ihnen ein guter Gastgeber zu sein«, erwiderte ich.

Als ich schließlich allein war, holte ich den Glenmorangie hervor. Ich war äußerst erfreut über die Tatsache, daß keiner von den beiden etwas davon abhaben wollte. Ein echter Trost. Ich goß mir einen großen ein, setzte mich vor den Kamin und sah zu, wie sich die Flammen in die Scheite fraßen. Ich war schlapp und entspannt. Mit etwas Glück würde bald alles vorüber sein. Dann muß ich eingenickt sein, denn das nächste, was ich mitbekam, war, daß Jock zurückkam. Ich hörte, wie er die Küchentür abschloß, und dann vernahm ich seine Stimme, als er zu den Hunden sprach. Dann streckte er den Kopf ins Zimmer und fragte mich, ob ich auch einen Kakao haben wollte.

»Nein, danke, für mich nicht«, lehnte ich ab, »ich schlafe sowieso schon ein. Aber kochen Sie welchen für unsere Hoheit. Er müßte aus dem Bad sein, wenn der Kakao fertig ist. Haben Sie die Jungs zu Bett gebracht?«

»Ja«, sagte er, »ich habe ihnen auch ihre Biskuits gegeben.«

»Sie sind ein Schatz, Jock«, sagte ich.

Charlie kam ein paar Minuten später mit frischgekämmtem, feuchtem Haar herunter. Er strahlte in seinem sauberen Pyjama und seinem Tootal-Bademantel regelrecht Glanz aus.

»Ist McKenzie schon zurück?«

»Ja, er macht gerade Ihren Kakao.«

Er zog einen zweiten Lehnstuhl zum Feuer, und ich beobachtete, wie er sich darin zurechtrückte, um seine Nachtgewänder nicht zu zerknittern. Nachdem er seine Fingernägel gemustert hatte, um sicherzugehen, daß sie tadellos geschrubbt waren, sah er auf und bemerkte meinen Blick.

»Was fasziniert Sie denn so?«

»Wissen Sie was, Charlie?« fragte ich. »Es ist schon verdammt gut, daß Sie nicht im Bergbau arbeiten.«

»Reden Sie keinen solchen Blödsinn«, wies er mich zurecht.

»Nein, wirklich. Das ist mein voller Ernst.«

»Sie sollten mit dem Saufen aufhören«, meinte er. »Das verdammte Zeug weicht Ihr Hirn auf.«

»Ich habe auch eine Neuigkeit für Sie, mein Lieber«, entgegnete ich. »Kakao ist schrecklich schlecht für die Leber.«

»Unsinn.«

»Eine altbekannte Tatsache«, fuhr ich fort. »Das habe ich in der Zeitung gelesen.«

»In welcher, in ›Beano‹?« fragte er.

Jock brachte den Kakao. »Hier bitte, Sir.«

»Haben Sie ihn mit Milch gemacht?« fragte Charlie.

»Mit der Milch ist das auch so eine Sache. Die treibt den Cholesterinspiegel hoch.«

»Hören Sie zu«, knurrte Charlie, »wenn Sie nichts Sinnvolleres zu sagen haben, dann halten Sie die Klappe.«

»Keine Sorge, das habe ich auch vor«, sagte ich. »Aber erst trinke ich mein Glas aus.«

»Nein, das tun Sie nicht, Kumpel«, wehrte er ab. »Wir müssen über morgen früh reden.«

»Jetzt ist schon ›morgen‹«, sagte ich. »Jock, Sie fangen am besten schon an, Ihr Bett zu machen.«

»Eine gute Idee, Sir«, erwiderte Jock.

»Ist Ihnen das Sofa bequem?«

»O ja, ich schlafe sehr gut darauf.«

»Also nicht zu steif?«

»Nein, nein, überhaupt nicht.«

»Gut, redet ruhig weiter Unsinn«, sagte Charlie. »Und wenn ihr dann fertig seid, können wir zum Geschäftlichen kommen.«

Mir war klar, daß es schließlich so kommen mußte, also sagte ich: »Okay, bringen wir's hinter uns.«

»Gut. Hört zu . . .«, sagte er.

Samstag

Charlie wollte Schinken und Ei auf dem Sandwich. Das aß er im Stehen im Flur, wo er wieder eine Reihe von Anrufen erledigte. Wir konnten ihn murmeln hören. Als Jock und ich unsere dritte Tasse Tee tranken, war er immer noch nicht fertig. Es war halb acht, und die Hunde waren unruhig. »Ich gehe mit ihnen raus, Sir«, bot Jock an.

»Nein, Sie räumen den Tisch ab. Ich führe sie selber raus.«

Es war das richtige Wetter für Ölzeug und Gummistiefel. Oder, um es etwas simpler auszudrücken, es goß wie aus Eimern. Ein trüber, grauer Morgen mit einem Regen, der sich in Sturzbächen aus einem bleiernen, wolkenverhangenen Himmel löste. Selbstverständlich brauchten die Hunde eine Ewigkeit, bis sie ihr Geschäft erledigt hatten, und als ich zurückkam, war ich durchgefroren bis auf die Knochen. In der Scheune trocknete ich die Hunde mit ein paar alten Handtüchern ab, die ich zu diesem Zweck aufbewahrt hatte, und ließ sie wieder ins Haus. Charlie fragte: »Wo zum Teufel sind Sie gewesen?«

»Draußen, bummeln«, antwortete ich, »wo wir doch einen so wunderschönen Morgen haben.«

»Holen Sie Ihre Waffe«, sagte er.

»Sagen Sie bloß nicht, daß wir diese Art von Ärger zu erwarten haben.«

»Was glauben Sie denn, was das gestern abend war?« entgegnete er. »Ein Pfarrfest?«

»Das war etwas anderes«, meinte ich.

»Was war daran denn anders?«

»Okay, ziehen Sie sich nicht daran hoch.«

Ich zog mein Ölzeug und die Gummistiefel aus, schlüpfte wieder in die Straßenschuhe und ging ins obere Stockwerk, um die Waffe zu holen. Ich ließ die Trommel herausklappen, prüfte gewohnheitsmäßig die Funktionen, befestigte den Halfter am Gürtel und übte vor dem Spiegel ein paarmal das Ziehen. Ich war fast so gut wie James Bond. Dann ging ich hinunter, wo sie schon auf mich warteten.

»Wir nehmen beide Wagen«, kommandierte Charlie, »Sie und ich fahren mit dem Rover, und McKenzie kann den Jaguar nehmen.«

Unglaublich, der Regen hatte sich noch verstärkt. Die Scheibenwischer schafften es kaum, und im Wageninnern bildete sich Kondenswasser. Ich schaltete die Lüftung ein, aber bis der Motor warm wurde, mußte ich ständig die Scheibe abwischen, die auf meiner Seite beschlug. Charlie sah ständig auf die Uhr und bekundete sein Mißfallen, aber bevor wir aus den Hohlwegen heraus waren, konnte ich kaum mehr als schleichen. Es gab zu viele unübersichtliche Kurven, die kaum für zwei Autos reichten, geschweige denn einen PKW und einen Traktor. Charlie nahm sich zusammen, solange er konnte, aber schließlich sagte er: »Machen Sie schon, geben Sie Gas!«

»Das ist eine Gegend für Milchlaster«, erinnerte ich ihn. »Wenn wir frontal auf eins von diesen großen Vehikeln treffen . . .«

»Herrgott!«

»Also, wenn Sie fahren wollen – «

»Nein. Ich will, daß Sie draufhalten.«

»Das werde ich, wenn es möglich ist«, sagte ich, »aber diese Hohlwege sind wirklich gefährlich.«

»Schleichende Lähmung auch«, erwiderte er.

Ich reagierte nicht darauf. Er saß schmollend da, bis wir auf die Hauptstraße kamen und ich die volle Kraft des Rover nutzen konnte. Dann gab ich Gas. Aber trotzdem, der Regen hinderte stark, deshalb kamen wir erst um neun am Stützpunkt an. Jack erwartete uns.

»Sie sind spät dran, was hat Sie denn aufgehalten?« fragte er.

»Da müssen Sie unseren Fahrer fragen«, antwortete Charlie.

»Es liegt am Wetter, Jack«, verteidigte ich mich. »Haben Sie heute morgen mal aus dem Fenster gesehen?«

»Egal, keine Aufregung«, sagte er. »Sie haben das Hotel noch nicht verlassen.«

»Das will ich auch nicht hoffen«, sagte Charlie. »Was glauben Sie, wann werden sie aufbrechen, Jack?«

»Halb zehn, würde ich sagen«, antwortete Jack. »Genug Zeit, um nach Yeadon zu fahren und den zehn Uhr fünfunddreißig zu erwischen.«

»Gut, dann ruhen wir uns jetzt besser aus – Haben Sie was von Superintendent Brough gehört?«

»Ja, er ist gekommen, gleich nachdem Sie angerufen haben, um zu bestätigen, daß alles vorbereitet ist.«

»Gut«, nickte Charlie. »– Ah, das muß McKenzie sein. Machen Sie ihm bitte auf, Jack?«

Denvers stand auf, um aufzumachen, und Charlie ging nach oben. Jock kam zu mir in das feuchte Wohnzimmer.

»Ich konnte nicht mit Ihnen mithalten, Sir.«

»Das macht nichts, keine Panik. Wir können uns noch gemütlich niederlassen. Aber machen Sie sich nicht die Mühe, den Mantel abzulegen.«

Er hatte sich kaum hingesetzt, als Charlie händereibend hereingestürmt kam.

»Gute Nachrichten, Charlie?«

»Bestens. Marshall ist auf dem Weg zurück nach London.«

»Der fackelt nicht lange, was?« fragte ich.

»Er kann es kaum erwarten, seinen Bericht an den Mann zu bringen und die ganzen Lorbeeren einzuheimsen«, sagte er. »Der Blödmann glaubt, die ganze Sache sei erledigt. Er hat einen Lastwagen voll Material, das sie in Kovaks Landhaus gefunden haben, und denkt, nun sei alles geklärt.«

»Aber wir wissen es besser, wie?«

»Verdammt richtig«, nickte Charlie. »Ich fresse meinen Hut, wenn Genosse Kamenew keinen Dreck am Stecken hatte.«

»Das sagen Sie nur, weil Sie nie einen tragen.«

»Dann fresse ich den von McKenzie.«

Ich warf einen Blick auf die fragliche, teure Kopfbedeckung. »Das können Sie sich gar nicht leisten, Chas.«

»Lassen Sie die Sticheleien, und setzen Sie sich in Bewegung«, entgegnete er. Er wandte sich an Denvers. »Ah, Jack, haben Sie die Spur von Autry verfolgt?«

»Mein Gott, das hätte ich fast vergessen. Ja, das habe ich. Er hat sich die Wohnung selbst besorgt. Die Vermietung ist privat abgewickelt worden. Die Dame in Menwith, die für die Wohnungsvermittlung zuständig ist, sagte, daß Sobers nicht auf ihrer Liste steht.«

»Wunderbar«, kommentierte Charlie. »Machen wir uns auf den Weg.«

»Gut, Charles. Viel Glück«, sagte Denvers.

Zwanzig Minuten später kletterten wir an der Poole Bank hoch, einem langen, steilen Hügel auf dem Weg nach Yeadon. Yeadon war vor langer Zeit durch Textilmanufakturen reich geworden. Jetzt waren die großen, alten Textilfabriken stillgelegt und standen leer. Die gut ausgebildeten Weber arbeiteten als Reinigungspersonal auf dem Flughafen von Leeds/Bradford.

»Das nenne ich Fortschritt«, sagte ich.

»Was ist los?«

»Ich habe nur laut gedacht.«

»Dann tun Sie's doch«, sagte Charlie.

»Was denn?«

»Fortschritte machen. Überholen Sie den Blödmann – los!« Wir saßen hinter einem riesigen, kiesbeladenen Lastwagen fest. Es regnete immer noch Bindfäden, man konnte fast nichts sehen, und wir fuhren auf einer steilen Gefällstrecke auf eine Kurve zu.

»Immer mit der Ruhe«, sagte ich. »Wenn wir den jetzt überholen, haben wir es nicht besser verdient. Außerdem, warum hetzen Sie eigentlich so?«

»Ich will einen Platz erwischen, von dem aus man einen guten Überblick hat.«

»Ich hab schon einen ausgesucht. Sie vergessen, daß ich mich hier auskenne wie in meiner Westentasche. Oben auf dem Hügel gibt es einen großen Rastplatz, ein paar hundert Meter von einer Kreuzung entfernt.«

»Wie weit vom Flugplatz entfernt?«

»Nicht weit. Eine Viertelmeile, würd ich sagen.«

»Okay, dort schnappen wir sie.«

»Wir sollten lieber abwarten und sie am Flugplatz hopsnehmen.«

»Nein. Wir erledigen die Sache«, erwiderte er. »Wir allein, nicht wir und die Special Branch.«

»Was macht das für einen Unterschied?« fragte ich. »Wir müssen sie der Special Branch sowieso übergeben.«

»Genau das ist der Punkt«, sagte er. »*Wir* werden sie übergeben.«

»Nun, Sie sind der Boß.«

Im Grunde war es mir egal. Ich hatte mich inzwischen mit seiner Denkweise abgefunden. Mit der Beretta war der Fall für mich erledigt. Wer auch immer Yannedis umgebracht hatte, wahrscheinlich Samarin, hatte die Pistole aus dem Hotelzimmer mitgenommen und sie später gegen Rossi und Autry verwendet. Der arme Rossi, er war bestimmt völlig ahnungslos gewesen. Kamenew hatte die Begegnung der drei arrangiert, und Samarin hatte sie umgeblasen. Selbst Charlie mußte zugeben, daß der Plan ausgezeichnet gewesen war. Er hatte es fast verdient aufzugehen. Auf jeden Fall waren Toomey und Marshall dadurch getäuscht worden, und egal, was Charlie auch sagen würde, die beiden waren nicht völlig blöd.

Aber er hatte es gewußt.

Der dreifache Mord hatte dazu gedient, einen einzigen Mann zu schützen und zu erhalten – das Dornröschen, in dem die Arbeit von über dreißig Jahren steckte. Dafür waren zwei kleinere Fische geopfert worden: Kovaks, der zweifellos nichts von Sobers wußte, und Autry, der über ihn im Bilde gewesen sein mußte. Sobers hat Autry mitgeteilt, daß Kovaks ihnen nicht mehr nützlich war. Nicht nur das, er konnte sogar zu einer Bedrohung werden. Autry mußte Kovaks aus dem Weg schaffen. Warum sollte er es also nicht so einrichten, daß sein Chef glauben mußte, daß er, Agent Autry, die richtige Nase gehabt hatte? Er hatte Toomey mit ein paar Halbwahrheiten abgespeist und den jungen Rossi mitgenommen, als er auf Kovaks losging. Aber Samarin war auch zu Besuch gekommen. Samarin erschoß Rossi, Autry erschoß Kovaks. Marshall und Toomey tauchen auf, und Autry sollte ihnen zeigen, zu welcher Seite Kovaks gehörte. Er würde ein anerkennendes Schulterklopfen einheimsen, und Rossi würde zum toten Helden.

Das mußte in Autrys Ohren gut geklungen haben. Aber was er bei alledem nicht wußte, war, daß der gerissene Schöpfer dieses Planes – also Kamenew – beschlossen hatte, das Dornröschen noch besser zu schützen, indem er auch ihn, Autry, aus dem Spiel nahm. Die Sache mochte etwas anders verlaufen sein, aber wir glaubten, daß es im wesentlichen so gewesen sein mußte.

Und in Downside Hall mußte ein Treffen zwischen Sobers und Kamenew stattgefunden haben. Und dieses Treffen hatte natürlich der alte Henry Locke beobachtet. An diesem Punkt kommt Stevens ins Spiel. Bei einem seiner Patrouillengänge stolperte er über Henry, jagte ihn durch den Wald und trieb ihn unten am Fluß in die Enge ...

Denvers hatte bereits ein Auge auf Stevens geworfen, aber was mich betraf, hätte er sich diese Mühe sparen können. Ich wußte längst, daß der Wildhüter ein krummer Hund war, und ich freute mich schon darauf, ihn mir vorzuknöpfen. Henry hatte wahrscheinlich überhaupt nichts von Bedeutung gesehen, sehr wahrscheinlich nur einen Wagen, und bestimmt hatte er gar nicht weiter darüber nachgedacht. Einfach ein später Gast, der ins Haus kam. Aber Stevens hatte weitergedacht. Er hatte Henry verfolgt und den alten Knaben einfach ersäuft wie einen Hund. Die bloße Vorstellung verursachte mir Übelkeit.

Ja, auf Stevens freute ich mich schon.

»Jetzt überholen Sie endlich«, sagte Charlie.

»Was?«

»Wachen Sie auf, um Himmels willen – überholen Sie ihn schon!«

»Ach, keine Panik, Charlie«, erwiderte ich.

Wir kamen in Richtung auf die Ampelanlage auf halber Höhe des Hügels schleppend voran. Die Ampel war rot, der Lastwagen bremste. Ich schaffte es, auf gleicher Höhe mit ihm zu ziehen und ihn zu überholen, sobald die Ampel auf Grün umsprang. Als wir oben auf dem Hügel ankamen, fing Charlie an, am Funkgerät des Rover herumzufummeln. Der Rastplatz an der langen Geraden, die quer über den Hügelkamm führte, war bis auf einen einsamen Tanklastzug leer. Ich parkte hinter seinem hochaufragenden Heck, und Charlie sagte:

»Schaffen Sie den besser weg.«

Der Regen trommelte aufs Dach und spritzte von der dampfenden Motorhaube hoch. »Warten wir doch noch einen Moment«, antwortete ich. »Vielleicht fährt er ja gleich ab.«

»Vielleicht aber auch nicht«, erwiderte Charlie. »Also schaffen Sie ihn aus dem Weg.«

»Dann geben Sie mir Ihren Dienstausweis, sonst schickt er mich vielleicht einfach wieder weg.«

Er gab mir seine Hundemarke, und ich lief gebückt durch den sintflutartigen Regen. Ich hämmerte an die Fahrertür, und der Fahrer des Lastzuges kurbelte das Fenster herunter. »Ja? Was wollen Sie denn?« fragte er.

Ich hielt ihm die Hundemarke unter die Nase.

»Wir möchten, daß Sie weiterfahren«, erklärte ich.

»Ich trinke gerade einen Tee, Kumpel!«

»Tut mir leid. Den müssen Sie wohl woanders weitertrinken.«

»He! Sie können doch nicht einfach –«

»Los«, sagte ich, »sonst kriegen Sie einigen Ärger.«

»Verdammt noch mal«, fluchte er, »wo soll das bloß noch hinführen? Jetzt kann man nicht mal mehr in Ruhe 'ne Tasse Tee trinken . . .«

Aber er kurbelte sein Fenster wieder hoch und ließ den Motor an. Ich rannte wieder zum schützenden Wagen zurück. Die zwei Minuten in diesem Regen hatten mich schon völlig durchnäßt. Mein Haar war klatschnaß, und kleine kalte Rinnsale liefen mir in den Kragen und den Nacken hinunter. Im Handschuhfach lag eine Schachtel Kleenex. Ich benutzte ein paar davon, um über mein Haar zu wischen, und noch einige, um mir Gesicht und Hände abzutrocknen.

»Regnet's draußen?« fragte Charlie.

»Da haben Sie Ihre Hundemarke – stecken Sie sich das Ding sonstwohin.«

»Aber, aber, Farrow«, sagte er, »wer wird denn so verbiestert sein.«

»Was war da im Funk los?« wechselte ich das Thema.

»Alles läuft prima. Die Iwans haben eben in dem blauen Ford Cortina der Handelsdelegation das Hotel verlassen. Gefahren wird er von einem ihrer Leute. Wir haben sie in der Zange. Jock fährt voraus und Brough hinter ihnen her. Wenn sie den Hügel erreichen, gibt uns Brough Bescheid.«

»Aha. Wo sind sie jetzt?«

»Auf der A 658.«

»Dann dauert es nicht mehr lange«, sagte ich. »Vielleicht noch zehn Minuten.«

»Wissen Sie, was Sie zu tun haben?«
»Charlie, bitte!«
»Dann überprüfen Sie sie.«
»Ich habe sie schon heute morgen überprüft«, erwiderte ich.
»Dann prüfen Sie sie noch mal.«
So hatte ich wenigstens was zu tun. Obwohl es natürlich sehr unwahrscheinlich war, daß die Iwans bewaffnet sein würden, weil sie die Waffen sowieso nicht durch die Kontrolle am Flugplatz schmuggeln konnten. Trotzdem hielten wir uns an die alte Routine. Ich justierte den Rückspiegel. Es herrschte nicht viel Verkehr, und die wenigen Fahrzeuge, die vorbeikamen, fuhren sehr langsam. Die meisten jedenfalls. Auf irgendeinen Blödmann trifft man immer. So einer schoß vorbei, und eine Gischtfontäne spritzte über uns hinweg. Die Straßen waren ziemlich matschig.
»Die Fenster«, sagte Charlie.
»Was ist damit?«
»Wir können nicht nach draußen sehen, oder?«
»Ja, ja, schon gut . . .«
Als ich nach der Kleenex-Packung langte, gab das Funkgerät einen Piepston von sich, und Charlie nahm das Mikrofon aus der Halterung. »Schnell, Farrow, am Fuß des Hügels, das müssen sie sein.«
Ich rieb in aller Eile die Scheiben sauber, dann sprang ich wieder ins Auto und ließ den Motor an. Ich schaltete die Wischer und die automatische Scheibenwaschanlage ein. Charlie steckte das Mikrofon wieder in die Halterung und vergewisserte sich, daß sein Mantel aufgeknöpft war.
»Der Countdown läuft, Farrow«, sagte er.
»Ich hoffe nur, daß Kamenew das Zeug bei sich hat.«
»Das hat er sicher. Die triumphale Rückkehr des siegreichen Helden. Ich habe mir die Akte von diesem Scheißkerl durchgelesen, und das ist genau die Art von Kabinettstückchen, die er so mag.«
»Hoffentlich hält er sich an diese Regel, sonst sitzen wir in der Tinte.«

»Behalten Sie den Spiegel im Auge.«

Ich schaltete in den ersten Gang, ließ den Fuß auf der Kupplung und löste die Handbremse. Ein halbes Dutzend Autos fuhr vorbei, und dann sah ich den Jaguar. Als seine vertraute Silhouette im Spiegel auftauchte, sagte ich: »Da kommen sie, Chas.«

Jock fuhr mit dem Jaguar auf der Mittellinie, so daß der blaue Ford nicht überholen konnte. Ich paßte den Zeitpunkt ab und fuhr an. Ich war hinter dem Cortina, bevor sie irgendwas mitbekommen hatten. Dann schoß der Jaguar voraus, um mir Platz zum Manövrieren zu lassen. Wir näherten uns bereits der Kreuzung, ich schaltete hoch, und die Maschine des Rovers röhrte auf, als ich aufs Gas trat, um neben den Ford zu fahren. Der Fahrer wandte den Kopf, und ich konnte den ängstlichen und erschrockenen Blick sehen, als er das Lenkrad heftig herumwirbelte, um nach links zu ziehen, weg von uns. Ich bedrängte ihn weiter, und es gab ein übles, metallisches Knirschen, als sich die Wagen längsseits ineinanderschoben.

Der Jaguar hielt direkt hinter der Kreuzung, immer noch mitten auf der Straße, und die Iwans hatten wegen des aufkommenden Verkehrs kaum eine Wahl. Sie konnten entweder anhalten, auf den Jaguar drauffahren oder in die Seitenstraße abbiegen. Sie entschieden sich für letzteres und nahmen die Kurve mit quietschenden Reifen. Ich fragte mich, wozu das gut sein sollte. Sie hatten keine Chance gegen den Rover, aufgebohrt oder nicht. Das war sonnenklar, warum also der Aufwand? Als ob er meine Gedanken lesen könnte, schrie Charles: »Die Scheißkerle wollen irgendwas loswerden – Schnapp sie!« Ich lenkte den Rover heftig in die Kurve. Die Seitenstraße war ein Feldweg. Eng, mit Schlaglöchern voller Wasser gespickt. Die Hinterräder des Cortina warfen Fontänen von Schmutzwasser auf, mit denen die Scheibenwischer kaum fertig wurden. Charlie schrie mir ständig etwas zu, aber ich war zu beschäftigt, um zuhören zu können. Ich versuchte, irgend etwas zu sehen. Ich kam nicht an den schaukelnden Cortina heran. Der Weg war nicht breit genug, und auf der rechten Seite der Straße war ein steiler, grasbewachsener Chausseegraben. Wir schlingerten herum, hüpften und holperten durch die Schlaglöcher. Dann kam ein großes. Ich stieß mit dem Kopf ans Wagendach und umklammerte das Lenkrad, als es in meinen Händen zu bocken anfing. Wir schleuderten um eine Kurve, und plötzlich wurde der rechte Straßenrand flacher.

Ich trat das Gaspedal durch und zwängte uns dazwischen. Die Räder gerieten auf den Hang, und der Wagen neigte sich bedrohlich. Charlie knallte gegen die Tür. Der Rover schleuderte, als ich den Ford seitlich streifte. Der wesentlich leichtere Wagen wurde angehoben und knallte über den Seitenstreifen. Mit dem vorderen Kotflügel schnitt er eine Schneise in die Hekken am Straßenrand. Dann geriet eines der Räder in den Graben, und damit war es für sie gelaufen. Die Motorhaube flog auf, und Dampf schoß aus dem zerfetzten Kühler. Ich hörte einen panischen Schrei. In dem Sekundenbruchteil, in dem ich dies alles wahrnahm, kämpfte ich, um den Wagen unter Kontrolle zu bringen.

Ich trat auf die Bremse. Wir schlitterten einige Meter durch den Schlamm. Als wir standen, schaltete ich in den Leerlauf und riß die Wagentür auf. Charlie schrie irgendwas, als ich auf den demolierten Ford zurannte, aber ich nahm mir nicht die Zeit hinzuhören. Es war zu viel los. Die Hintertüren des Ford flogen auf, und ich bemerkte zu spät, was der Fahrer vorhatte. Der ließ sich Zeit. Als ich herankam und die vom Rücksitz auftauchende Gestalt angriff, die wie ein Bär aussah, öffnete er die Tür. Er öffnete sie sehr heftig, schlug sie mir mit aller Kraft entgegen. Die scharfe Kante knallte mir gegen den Oberschenkel – es war natürlich das schlimme Bein. Ich stolperte und verlor fast den Halt, und der Bärenmensch ging auf mich los. Ich sah es kommen, drehte mich zur Seite, und seine Faust traf mich über dem Ohr. Sie rutschte auf meinen regennassen Haaren ab. Der Schlag verlor viel von seiner Wucht, aber er brachte mich immer noch ins Taumeln, und ich wußte, daß er mich aus dem Spiel gebracht hätte, wenn er besser getroffen hätte. Ich wand mich heraus, warf mich mit der Schulter nach vorne und brachte ihn mit meinem Gewicht zu Fall. Er stolperte rückwärts. Mit den Waden traf er die Fußleiste des Wagens. Er klappte zusammen und knallte mit dem Schädel gegen den Türrahmen.

Er gab ein animalisches Knurren von sich, griff mit beiden Händen zu, um wieder hochzuschnellen und sich auf mich zu stürzen. Aber die paar Sekunden hatten mir Zeit genug gegeben, mich umzudrehen und mit den Beinen Halt zu finden. Dadurch konnte ich seiner Attacke mit einer eigenen begegnen. Ich traf ihn voll in den Unterleib. Meine Fäuste hatte ich in seine Kniekehlen gehakt, um in umzureißen. Ich hörte ihn nach Luft schnappen, und der Nackenschlag, den er mir hatte verpassen wollen, war seiner Wucht beraubt.

Es wurde viel geschrien, man hörte laute Schläge und das Platschen in den Pfützen, als jemand den Feldweg entlang rannte. Der Fahrer war auf und davon, und ich erhaschte einen Blick auf Jock, der mit grimmigem Gesicht die Verfolgung aufgenommen hatte. Ich hatte auch den anderen, Kamenew, gesehen, als er aus dem Wagen gesprungen war und sich einen Weg durch die zerfetzten Hecken gebahnt hatte. Um den würde sich Charlie kümmern. Ich war vollauf mit dem Genossen Samarin beschäftigt.

Er benutzte seine Beine wie Kolben, trat mit den Füßen um sich, um mich vom Wagen fernzuhalten. Mit dem Absatz traf er mich am Knie – schon wieder das schlimme Bein. Ich spürte, wie es einknickte. Er katapultierte sich aus dem Wagen und versuchte, mir einen gezielten Tritt ins Gesicht zu verpassen. Ich lag auf den Knien und grabschte wild nach seinem Schuh und kriegte ihn mit beiden Händen zu fassen. Ich verdrehte den Fuß mit aller Kraft, die ich aufbringen konnte. Es reichte, um das Gelenk zu brechen. Ich hörte deutlich das schreckliche Krachen und dann, etwas weiter oben, den Schmerzensschrei. Er fiel flach auf den Rücken. Ich lief auf allen vieren auf ihn zu, um die Sache abzuschließen. Er kam noch einmal hoch und ließ seine Rechte auf mich herabsausen, aber durch Schreck und Schmerz war er langsamer geworden. Ich wich aus, um seinen Schlag abzufangen, und traf ihn genau unter dem Herzen. Er rang nach

Luft, seine Arme fielen herab. Ich schlug noch einmal zu. Das war für Yannedis. Ich traf ihn direkt auf den Mund. Seine Lippe platzte auf. Ich hatte ihm ein paar Zähne ausgeschlagen, wahrscheinlich auch den Kiefer gebrochen. Er verdrehte die Augen und sackte nach hinten weg.

Ich lag quer auf seiner massigen Gestalt, rang nach Atem und kämpfte mit den furchtbaren Schmerzen in meinem Bein. Der Regen fiel immer noch unablässig. Ich war naß bis auf die Haut, meine Kleider vollgesogen, bedeckt mit Kot und Schlamm. Als das wütende Feuer in meiner Brust nachließ, zog ich mich langsam auf die Beine. Es war, als wollte ich den Himalaya erklimmen, und das dauerte ein Weilchen. Ich stand auf einem Bein da, alles tat weh, ich fühlte mich geschwächt und zu alt für diesen Job.

Jemand rief, und ich drehte mich langsam um. Jock kam auf dem Feldweg heran und stieß den Fahrer vor sich her. Der Fahrer hatte Blut im Gesicht. Zunächst war von Charlie nichts zu sehen. Dann tauchte er plötzlich auf, den tropfnassen Kamenew mit sich zerrend. Er schob sein Opfer durch die Hecken. Das erste, was er sagte, war: »Verdammt, Farrow! Haben Sie mich nicht schreien hören? Die Tür war demoliert – ich habe sie nicht aufgekriegt!«

»Dann mußten Sie eben auf meiner Seite aussteigen«, entgegnete ich. »Worüber regen Sie sich auf?«

»Offensichtlich«, sagte er, »mußten Sie sich sofort auf diesen Scheißkerl stürzen.«

»Ich hatte nicht viel Auswahl«, sagte ich. »Eigentlich war es eher ein Fall von ›Wer zuerst kommt, mahlt zuerst‹.«

»Wer sind Sie?« sagte Kamenew. »Sind Sie Banditen? Falls ja, warne ich Sie –«, er wischte sich den Regen aus dem Gesicht, »wir sind Gäste in Ihrem Land und –«

»Kamenew«, unterbrach Charlie, »tun Sie uns allen einen Gefallen. Halten Sie die Klappe.«

»Sie irren sich, sehen Sie?« sagte Kamenew. »Mein Name ist Vasso!«

»Und das ist Rykow?«

»Ja, Rykow«, bestätigte Kamenew. »Wenn Sie uns also jetzt bitte sagen wollten, wer *Sie* sind ...«

»Ich werde Ihnen gar nichts sagen«, sagte Charlie. »Wir waren Ihnen auf den Fersen, und jetzt haben wir Sie.«

»Sie haben einen Fehler gemacht«, sagte Kamenew, »einen dummen Fehler! Sie werden Schwierigkeiten bekommen!«

»Daran sind wir gewöhnt«, erwiderte Charlie, »wir sind sogar richtig scharf darauf, stimmt's, Farrow?«

»Manche von uns, Charlie«, entgegnete ich.

»Da kommt Kommissar Brough, Sir.«

»War ja auch höchste Zeit«, sagte Charlie.

Samarin rührte sich und entrang sich ein Seufzen. Sein Mund war ziemlich derangiert, meine Fingerknöchel auch. Er versuchte sich aufzusetzen. Ich hob einen Fuß, stellte ihn auf seine Brust und schob ihn zurück. Er blieb unten. Ich glaubte, daß er seinen Teil abbekommen hatte. Der Fahrer sah aus, als wolle er sich jeden Moment in die Hosen machen. Er war kein Problem gewesen. Aber bei Kamenew war es etwas anderes. Er riß immer noch den Schnabel auf.

»Sie werden für diesen Überfall bestraft werden!«

»Erzählen Sie keine Scheiße«, sagte Charlie, »wenn hier einer Ärger kriegt, sind Sie es.«

»Wir sind Spielwarenfabrikanten«, sagte Kamenew.

»Und ich bin der Kaiser von China.«

»Mach schon, Billy«, sagte ich.

Der große Vauxhall kam langsam näher. Er schlich durch die Fahrspur und schob sich zaghaft durch die Schlaglöcher. Ich konnte im Wageninnern vier Männer ausmachen, Billy saß auf dem Beifahrersitz. Der Wagen wollte an unsere Gruppe heran und Billy streckte den Kopf heraus.

»Sie waren beschäftigt, wie ich sehe«, begrüßte er uns. »Haben Sie Kunden für uns?«

»Ich muß mal kurz mit Ihnen reden, Billy«, antwortete Charlie.

»Dann steigen Sie besser bei uns ein. Es hat keinen Sinn, daß wir alle naß werden.«

»Behalten Sie den da im Auge, Farrow«, befahl Charlie. »Wenn er auch nur mit der Wimper zuckt . . .«

»Keine Sorge, ich passe auf ihn auf. Machen Sie nur alles klar, dann verschwinden wir hier.«

Der Fahrer des Vauxhall kam heraus, um Charlie Platz zu machen. Er hatte natürlich einen großen schwarzen Regenschirm. Er öffnete ihn eilig und grinste mich an.

»Kommen Sie unter den Schirm.«

»Dazu ist es zu spät«, erwiderte ich. »Ich bin schon naß.«

»Und was ist mit Ihnen, junger Mann?«

»Sehr freundlich von Ihnen«, sagte McKenzie, »aber nein, danke.«

»Gut, wie Sie wollen.«

Wir standen also in dem fürchterlichen Regen herum, bis Charlie sein Schwätzchen beendet hatte. Es dauerte nicht lange, Gott sei Dank. Er war bald wieder bei uns und verteilte Befehle an alle und jeden, einschließlich der Leute der Special Branch.

»Farrow, holen Sie den Rover raus. McKenzie, Sie gehen wieder zum Jaguar und warten an der Kreuzung auf uns.«

Als ich wegging, sah ich, wie zwei Leute der Special Branch aus dem Vauxhall kletterten und Billy auf den Fahrersitz stieg. Der Motor des Rover, den ich angelassen hatte, schnurrte leise vor sich hin, und die Scheibenwischer klackten monoton. Ich setzte mich hinein, schlug die Tür zu und fuhr über den Feldweg, bis ich an ein Tor kam. Dort wendete ich, und als ich an den Ort des Geschehens zurückkam, war alles geklärt.

Zwei der Leute von der Special Branch saßen im Schutz des zerdepperten Ford. Einer mit Handschellen an den Fahrer, der andere an Samarin gekettet. Der Vauxhall war beiseite gefahren worden, so daß ich durchfahren konnte. Kamenew saß, von Billy Brough überragt, auf dem Rücksitz. Der Mann mit dem Regenschirm hatte wieder den Fahrersitz eingenommen. Charlie stand da und wartete auf mich. Der Regen lief ihm über das Gesicht. Er mußte hinter mir vorbei hineinklettern, denn die Türen auf der anderen Wagenseite waren durch den Zusammenstoß mit dem Ford eingedrückt. Ich drückte auf die Hupe, und Billy winkte.

»Sie haben noch einen Wagen angefordert.«

»Ja, Chas, das dachte ich mir schon.«

»Was denken Sie«, fragte er, »wie lange werden Sie brauchen, um uns zu Ihrem Haus zurückzubringen?«

»Wie's aussieht, mit etwas Glück, ungefähr eine Stunde.«

»Machen Sie es schneller.«

Charlie war natürlich aus dem Auto und oben im Bad, bevor man Jesse Owens zu ihm sagen konnte. Jock und ich rieben uns ausgiebig trocken, er vor dem Kaminfeuer und ich oben in meinem Zimmer. Danach, in frischen Klamotten, stürzte ich auf die schnelle einen Whisky, um die Schnupfenbazillen abzutöten. Dann kochte ich eine Kanne starken Tee. Wir saßen in der Küche und tranken ihn, und wenigstens diesmal wurden wir nicht gestört. Charlie war friedlich, denn er hatte an diesem Morgen schon zweimal gebadet. Mir kam es so vor, als ginge es ihm entschieden besser als mir. Mein Bein tat höllisch weh, und meine Faust war wund von den Kratzern, die ihr der Kontakt mit Samarins Zähnen eingebracht hatte. Ich hatte das Gefühl, ich könnte kleine Splitter fühlen.

». . . dem haben Sie's ganz schön besorgt«, sagte Charlie.

»Ich hoffe nur, daß es den Richtigen erwischt hat.«

»Fangen Sie nicht schon wieder damit an.«

»Wenn sich herausstellt, daß sie sauber sind – «

»Sie sind nicht sauber.«

»Das sagen Sie uns ständig«, erwiderte ich, »aber es ist nicht hundertprozentig sicher.«

»Sie sind wie Ihre alte Tante Fanny. Es ist so sicher wie das Amen in der Kirche. Warten Sie's ab. Morgen werden Sie's schon sehen.«

»Wieso morgen?«

Charlie schlürfte aus dem heißen Becher. »Weil er sie morgen von sich geben wird«, erklärte er.

»Von sich geben? Was?«

»Die Kapsel, die er verschluckt hat.«

»Wann?«

»Woher soll ich das wissen?« entgegnete er. »Vielleicht gestern abend, vielleicht auch heute morgen.«

»Wieso sind Sie so –«

»Ganz einfach«, sagte er. »Der Bastard hat versucht, sie wieder auszuspucken, als ich ihn geschnappt habe. Er hatte sich den Finger in den Hals gesteckt.«

»Sind Sie sicher, daß er es nicht geschafft hat?«

»Absolut sicher«, nickte Charlie. »Kein Frühstück, keine Kapsel, gar nichts.«

»Es gibt Leute, die ich nicht um ihren Job beneide.«

»Es besteht kein Grund, jetzt unflätige Reden zu führen.«

»Sie haben selbst damit angefangen, Charlie.«

»Ja, und ich werde es auch beenden«, sagte er. »Trinkt aus, wir haben noch einen Besuch abzustatten.«

»Geben Sie Ruhe, Chas«, seufzte ich. »Es ist gerade erst zwanzig vor zwölf.«

»Schaffen Sie diese verdammten Hunde weg. Die stinken wie ein paar nasse Handtücher aus dem Puff.«

»Woher wissen Sie das, Chas?« fragte ich. »Erfahrung, was?«

»Reden Sie keinen Stuß«, sagte er.

»Platz, Jungs«, sagte ich. Sie gingen zu ihren Matten zurück.

»Noch etwas Tee, Jock?«

»Ja . . . wenn Sie auch noch welchen nehmen, Sir«, antwortete er.

»Wir nehmen alle noch welchen. Reichen Sie mir Ihren Becher, Charlie.«

»Aber nur halbvoll«, sagte er.

»Mehr hätten Sie auch nicht bekommen.«

»Reichen Sie mir den Zucker, McKenzie – Farrow, wo gehen Sie hin?«

»Ich will nur was nachsehen.«

Ich ging mit meinem Tee in der Hand hinaus und würzte ihn aus der Flasche im Wohnzimmer. Mir war immer noch kalt. Als ich zurückkam, rümpfte Charlie die Nase.

»Ja, das dachte ich mir schon«, kommentierte er.

»Wie ist das, wenn man andauernd recht hat?«

»Das werden Sie nie erfahren!«

Bob Hope hat einmal gesagt, daß England seines Wissens das einzige Land ist, in dem man das Wetter aller vier Jahreszeiten an einem einzigen Tag erleben kann. Als wir das Haus verließen, hatte der Regen aufgehört, und eine blasse Sonne mühte sich, durch die gelegentlichen Lücken in der Wolkendecke zu scheinen. Wir fuhren nach Downside Hall. Das gleiche mürrische Dienstmädchen öffnete uns. Wieder wartete Jock im Auto, und wieder hatten wir Schwierigkeiten, uns Zutritt zu verschaffen. Aber Charlie tat sein Bestes, und schließlich empfing uns Lady Sobers. Sie erhob sich, als wir ins Zimmer traten, legte eine große, glänzende Zeitschrift beiseite und strich ihr Engelshaar zurecht. Sie trug ein schlichtes, aber schönes Kleid aus lila Wolle, mit einem Faltenrock und dreiviertellangen Ärmeln. Ihre Schuhe mußten ein Vermögen gekostet haben, aber nicht annähernd so teuer gewesen sein wie die Diamanten, die aufblitzten, als sie uns mit einer trägen Handbewegung begrüßte.

»Ah, kommen Sie doch herein«, sagte sie. Ihr Blick war leer wie immer, und ihre verträumten blauen Augen sahen uns ausdruckslos an. Ich fragte mich, ob sie Bescheid wußte, und beschloß, daß sie wohl keine Ahnung hatte.

»Möchten Sie nicht Ihre Mäntel ablegen?«

Charlie nickte. »Ja, danke.«

Wir reichten sie dem Mädchen, das mit ihnen davonging und die Tür hinter sich schloß.

»Was für ein schrecklicher Tag. Setzen Sie sich doch bitte. Ich fürchte, Sir Anthony ist beschäftigt. Das ist er immer, müssen Sie wissen.«

»Ja, Madam, das wissen wir«, antwortete Charlie.

»Sie sind gekommen, um ihn zu sprechen?«

»O ja, so ist es.«

»Danach hätte ich wohl nicht zu fragen brauchen. Denn warum sollten Sie schließlich meinetwegen kommen? Nie kommt jemand um meinetwillen. Rauchen Sie eine Zigarette?«

»Nein, vielen Dank«, lehnte Charlie ab.

»Ich weiß, man sollte nicht rauchen. Eine üble Angewohnheit.« Sie langte nach der silbernen Dose, die auf dem Beistelltisch stand, und ich stand auf, um ihr Feuer zu geben.

». . . ich danke Ihnen.«

Sie wedelte den Rauch weg, um ihn von ihrem Haar fernzuhalten. »Möchten Sie vielleicht ein Glas Sherry?«

»Nein, nichts, danke«, sagte Charlie. »Aber wenn Sie Ihrem Mann sagen könnten, daß wir hier sind . . .«

»Das ist nicht nötig«, erwiderte sie. Sie sah auf ihre winzige, goldene Armbanduhr. »Er wird jeden Moment herunterkommen, um seinen Aperitif zu nehmen.«

»Trotzdem glaube ich, daß er es wissen sollte.«

»Oh, das wird er. Er weiß alles.«

»Wirklich, tut er das?« fragte Charlie.

»O ja.«

Lady Sobers schien eines dieser hellseherisch begabten Geschöpfe zu sein, die nicht von dieser Welt sind. Ich fragte mich, ob sie ganz »klar im Kopf« war, wie man bei uns in Yorkshire sagt. Ich blieb nicht lange im unklaren. Meine Spekulationen wurden unterbrochen, als sich die Tür öffnete und der Meister höchstpersönlich seine Ankunft meldete.

»Was zum Teufel soll das bedeuten? Hast du diese Kerle hereingebeten, Evelyn?«

»Natürlich, Liebling«, sagte Evelyn. »Du nimmst doch sicher nicht an, daß sie gewaltsam eingedrungen sind?«

»Gut. Um was geht es?«

Man konnte dem Ton anmerken, daß er zu uns sprach, und wir mußten uns nach ihm umdrehen, denn er machte keine Anstalten, ins Zimmer zu kommen.

»Wir haben Neuigkeiten für Sie, Sir«, begann Charlie. »Wichtige Neuigkeiten. Wenn es Ihnen also nichts ausmacht . . .«

Er schnaufte vor Ärger und stapfte durch den Raum zum Kamin, um sich vor dem Feuer in Positur zu stellen. Die Beine einen halben Meter auseinander, Kinn hochgereckt, Schultern gestrafft, die Hände hinter dem Rücken unterm Jackett verschränkt. Er trug einen Tweedanzug und ein kariertes Hemd mit einer schlichten braunen Krawatte. Seine Schuhe waren offensichtlich handgefertigt. »Dann lassen Sie Ihre wichtigen Neuigkeiten mal hören.«

Mich ignorierte er vollkommen.

»Alles zu seiner Zeit«, sagte Charlie. »Zuerst hätte ich noch die eine oder andere Frage, Sir.«

»Fragen?« grollte Sobers. Er runzelte die Augenbrauen, starrte wütend und sträubte seinen getrimmten Schnurrbart. »Ich habe Sie bereits gewarnt!«

»Sehr wahr«, sagte Charlie, »aber sehen Sie, Sir, seitdem ist eine ganze Menge passiert.«

»Passiert? Was ist passiert? Heraus damit, Mann.«

»Einige Aspekte sind ziemlich ... äh ... delikat.«

»Würde es dir etwas ausmachen, Liebling?« fragte Sobers. »Oh, und sag bitte dem Koch, er solle mit dem Mittagessen warten – sagen wir, bis Viertel vor eins.«

Er bot uns keinen Drink an, also nahm ich an, daß er mit seinem Aperitif warten wollte, bis er uns los war. Lady Sobers stand auf und warf ihre Zigarette ins Feuer. Ich stand auf, als sie den Raum verließ, aber Charlie ignorierte meinen Wink. Es lag nicht daran, daß er sich nicht zu benehmen wußte, er wollte einfach jemanden ärgern. Der Lady war das vollkommen egal. Ich bezweifelte, daß sie es überhaupt bemerkt hatte. Als sie davongeschwebt war, nickte Charlie.

»Nun denn, Sir«, sagte er, »ist Ihnen aufgefallen, daß Ihr Mieter verschwunden ist?«

»Mieter? Welcher?« fragte Sobers. »Auf meinem Anwesen gibt es mehrere Mieter.«

»Der Amerikaner«, präzisierte Charlie, »Eugene Autry. Der aus dem Pförtnerhaus.«

»Kommen Sie zur Sache«, sagte Sobers. »Was zum Teufel meinen Sie mit ›verschwunden‹?«

»Verschwunden, tot«, sagte Charlie. »Plötzlich und auf sehr unangenehme Weise.«

»Ein Unfall? Mein Gott!«

»Es war kein Unfall. Er wurde erschossen. Mit Absicht.«

»Nein!«

»Aber ja doch.«

»Das ist kaum zu fassen – wann ist es denn passiert?«

»Gestern abend, in Farnham.«

»Und wie ist es geschehen?«

»Er arbeitete gerade«, sagte Charlie. »Wußten Sie nicht, daß er bei der CIA war?«

»Nein ... doch«, gab Sobers zu. »Das heißt, ich hatte so einen Verdacht.«

»Der Verdacht war richtig«, fuhr Charlie fort. »Sie haben ihn öfter getroffen, nicht wahr?«

»Nein, nicht sehr oft«, erwiderte Sobers. »Er war ein-, zweimal zum Essen hier. Ist das verdächtig? Als Junggeselle konnte er einfach so vorbeikommen.«

»Stimmt. Besonders, wo er so nah gewohnt hat.«

»Ja. Aber er hat Verabredungen oft in letzter Minute abgesagt.«

»Er stand also immer zu ihrer Verfügung?«

»Exakt.«

»Aber er war kein Mensch, dessen Gesellschaft einem viel geben konnte, was?«

»Es ist gräßlich, so etwas zu sagen.«

»Aber es ist wahr, oder?«

»Jetzt hören Sie, Farrow!«

»McGowan«, sagte Charlie, »*dieser* Herr heißt Farrow.«

»Danke, Charlie.«

»Es fällt mir schwer, Ihnen die gebotene Höflichkeit entgegenzubringen.«

»Tut mir leid, Sir«, sagte Charlie. Es tat ihm gar nicht leid, und Sobers wußte das. »Wie auch immer«, fuhr er fort, »ich muß Sie leider fragen, wo Sie waren.«

»Wo ich *war*?«

»Gestern abend.«

Sobers, oder Sobieski, hatte zwei Möglichkeiten, sein Spiel

fortzusetzen. Er konnte aus der Haut fahren und laut werden oder sich zusammennehmen, wie es sich für einen Gentleman schickte. Er zog es vor, überheblich und kühl zu reagieren. »Was für einen Zweck könnten Sie wohl damit verfolgen, ausgerechnet mich zu befragen?« sagte er.

»Befehle, Sir. Wir befolgen lediglich unsere Befehle.«

Verdammt, das war stark!

Sobers seufzte und änderte seine Pose. Er stellte die Füße noch ein paar Zentimeter weiter auseinander. »Haben Sie noch andere wichtige Neuigkeiten?«

»Darauf kommen wir noch«, sagte Charlie. »Aber zuerst sollten wir die erste klären.«

»Sehr einfach«, sagte Sobers, »gestern abend haben wir bei Lord Blout-Sarrat gespeist. Bei ihm handelt es sich, falls Ihnen das nicht bekannt sein sollte, um den Polizeichef von Yorkshire.«

»Stimmt das, Farrow?«

»Ja, Charlie«, antwortete ich. »Nicht, daß ich ihn persönlich kenne.«

»Wer war noch da?« fragte Charlie.

»Meine Frau und ich waren die einzigen Gäste.«

»Nett«, meinte Charlie. »Wann sind Sie dort angekommen, und wann sind Sie wieder gegangen?«

»Wir sind zwischen halb acht und acht angekommen und gegen elf Uhr wieder gegangen. Plus minus ein paar Minuten natürlich.«

»Natürlich.«

»Und nun, wenn das alles war«, sagte Sobers, »möchten Sie vielleicht Ihre weltbewegenden Neuigkeiten enthüllen?«

»Mit Vergnügen, Sir«, sagte Charlie. »Es ist immer angenehm, frohe Botschaften zu überbringen – da ist aber noch etwas anderes.«

»Was denn noch?«

»Man hat Ihnen, wenn ich mich nicht täusche, doch vor kurzem nahegelegt, in Zukunft alle Versuche zu unterlassen, Ihre Schwester zu befreien?«

»So ist es«, antwortete er steif.

»Und doch sind Sie hartnäckig geblieben.«

»Selbstverständlich nicht!«

»Wie erklären Sie sich dann die Tatsache, daß gestern nacht ein Vorstoß in dieser Richtung unternommen wurde? Ein erfolgreicher Vorstoß, wie ich hinzufügen darf.«

Sobers verschlug es vollkommen die Sprache, aber er erholte sich schnell von dem Schreck. »Großer Gott! Ich ... was? Erfolgreich, sagen Sie?«

»Äußerst erfolgreich. Ohne Zweifel.«

»Mein guter Freund – sind Sie wirklich sicher?«

»Wie ich Ihnen bereits sagte. London hat die Nachricht vor nicht ganz einer Stunde erhalten.«

»Wollen Sie wirklich sagen, daß Katya rausgekommen ist? Wie um alles in der Welt –?«

»Das wissen wir nicht. Wir hatten gehofft, daß Sie uns das vielleicht sagen könnten.«

»Aber ich habe keine Ahnung!«

»Ist das die Wahrheit, Sir?«

»Natürlich. Ich schwöre Ihnen, ich hatte keine Ahnung! Großer Gott! Wo ist sie jetzt?«

»In Westdeutschland, soweit ich weiß.«

»Wo dort?«

»Das, Sir«, sagte Charlie, »ist etwas, das ich Ihnen leider nicht verraten darf. Tatsache ist, daß ich es auch gar nicht weiß.«

»Das ist sehr schwer zu glauben.«

»Es wird Ihnen bald leichter fallen. Unsere Leute sind damit beschäftigt, ihre Weiterreise nach Großbritannien zu arrangieren. Ich nehme an, daß Sie darauf eingestellt sind, für ihren Unterhalt aufzukommen?«

»Seien Sie kein Narr.«

»Nur eine Formalität, Sir. Wir müssen sichergehen.«

»Wie lange wird es wohl Ihrer Schätzung nach dauern?«

»Zuerst müssen wohl noch ein paar Formalitäten erledigt werden.«

»Ein Tag? Oder zwei? Eine Woche?«

»Tut mir leid, Sir, das fällt nicht in unsere Zuständigkeit.«

»Aber Sie müssen doch eine ungefähre Vorstellung haben!«

»Es steht uns nicht zu, Ihnen irgend etwas zu sagen.« Charlie sah auf die Uhr. »Allmächtiger – entschuldigen Sie, Sir –, es ist schon fast eins. Wir möchten nicht, daß das Mittagsmahl des Herrn kalt wird.«

»Meinen Sie mich, Charles?« fragte ich.

»Spotten Sie nicht, Farrow. Bewegen Sie sich.«

Wir standen auf und nahmen unsere Mäntel in Empfang. Als die Tür hinter uns ins Schloß fiel, sagte Charlie: »Langsam. Fangen Sie bloß nicht an zu rennen.«

»Das hatte ich auch nicht vor.«

Als wir ins Auto stiegen, ließ McKenzie den Motor an. Charlie griff nach dem Mikrofon. »Sind Sie auf unserer Frequenz, McKenzie?«

»Ja, Sir, ich habe es überprüft.«

»Dann los, worauf warten Sie noch?«

»Am Tor links, Jock«, sagte ich, »ich werde Ihnen sagen, wenn Sie langsamer fahren sollen.«

Jock wendete den Rover im Hof, und wir fuhren knirschend über die Zufahrt. Ich spürte, daß wir dabei von einem der Fenster aus beobachtet wurden. Was jetzt geschehen würde, hatte sich Charlie ausgedacht. Falls es nicht funktionierte, waren all unsere Anstrengungen umsonst gewesen. Starke Einheiten wurden gerade zusammengezogen. Mobileinheiten des Royal Corps of Signals, dessen Schule vier Meilen jenseits von Harrogate lag, waren rundherum postiert, ihre Antennen auf Downside Hall eingepegelt. Sie warteten darauf, in Blocks abgeschickte Funksprüche aufzuschnappen, die, vorher auf Band aufgenommen, in hoher Geschwindigkeit abgesendet werden würden, so daß jeder Block wahrscheinlich weniger als eine Sekunde brauchen würde. Wenn diese Funksprüche kamen, und zwar aus dem Haus, dann wären wir im Geschäft.

Das hing davon ab, ob Sobieski auf Charlies Bluff hereingefallen war. Wenn er wirklich ein Dornröschen war, dann brauchte er verdammt gute Nerven, um die Geschichte mit Katya *nicht* nachzuprüfen. Er würde unbedingt in Erfahrung bringen müssen, ob seine kleine Schwester wirklich frei herumlief oder nicht. Wir wußten, daß er zur Verschlüsselung seiner Anfrage und zur Vorbereitung der Bänder einige Zeit brauchen würde. Charlie war am Funkgerät und sorgte dafür, daß alle Stationen an Ort und Stelle und die Funker in Alarmbereitschaft waren. Er sprach gerade mit irgendeinem Major, dem Befehlshabenden.

»... kann jeden Moment losgehen, vielleicht aber auch erst in einer halben Stunde. Sie müssen sich eben in Bereitschaft halten ... Over und aus.«

Er hängte das Mikrofon zurück und legte einen Ellbogen über die Sitzbank, damit er sich umdrehen und mir zunicken konnte. »Vergiß nicht – wir haben keine konkreten Hinweise auf Stevens.«

»Mir reichen sie«, antwortete ich.

»Passen Sie auf, daß Sie keinen Reinfall erleben.«

»Herrgott, mit Ihnen ist nicht zu reden.«

»Dann stecken Sie das hier ein« – er reichte mir ein Walkietalkie, wie wir es schon öfter benutzt haben – »und bleiben Sie in Kontakt, okay?«

»Wo soll ich Sie absetzen, Sir?«

»An dem Tor dort, Jock«, antwortete ich. »Stevens' Haus liegt hinter den Fasanengehegen.«

»Vielleicht ist er gar nicht da«, meinte Charlie.

»Doch, bestimmt. Der ißt wahrscheinlich gerade zu Abend.«

»Dann beeilen Sie sich lieber«, sagte er.

Jock hielt an, und ich sprang aus dem Wagen. Während er wieder anfuhr, öffnete ich das Tor, das zur Schußschneise führte. Der Boden unter den Füßen war sehr naß, und als ich mich auf den Weg durch den Wald machte, tropfte Regenwasser von den Bäumen. An jedem Ästchen hingen dicke Tropfen, die sich bei der leisesten Berührung lösten. Ich sah nicht besonders viele Fasane, aber das überraschte mich nicht sonderlich, denn Stevens war als Wildhüter nicht gerade eine Leuchte. Um die Wahrheit zu sagen, er war eigentlich überhaupt kein Wildhüter. Bevor Sobieski ihn einstellte, war er in einem trübseligen Schnellrestaurant in Huddersfield als Koch beschäftigt gewesen. Sein Vater, der inzwischen verstorben war, war eingeschriebenes Mitglied der Kommunistischen Partei gewesen. Von dem Sohn wußte man nichts dergleichen, aber so war es ja oft. Die Erwählten erkennt man oft nicht auf den ersten Blick.

Wenn man die Situation genau betrachtete, paßte alles. Als Sobieski das Anwesen erworben hatte, war die Jagd gut organisiert gewesen. Sie wurde damals von einer Genossenschaft geführt, deren Mitglieder eine Menge Geld für das Privileg zahlten, auf gut gezüchtete Fasane Jagd machen zu dürfen. Aber Sobieski hatte den Pachtvertrag nicht verlängert. Nachdem er eingezogen war, behauptete er, daß er das Jagdgelände privat mit seinen Freunden nutzen wolle. Der vorhandene Wildhüter war zusammen mit seinem Gehilfen entlassen worden, und Stevens rückte an ihre Stelle. Warum hätte er das tun sollen, wo er für die Jagdrechte soviel Geld hätte bekommen können?

Ich war gerannt. Jetzt verlangsamte ich meinen Schritt etwas. Aus dem Haus des Wildhüters konnte ich grauen Rauch aufsteigen sehen, der sich über den Bäumen kräuselte. Ich kam auf die große, breite Lichtung, auf der die Laufgehege der Fasane standen. Das ganze Gelände war mit Hühnerdraht eingezäunt. Ich trat vorsichtig auf, halb in der Furcht, Stevens' gelbäugiger Hund könnte herausgerannt kommen, um mich anzubellen. Inzwischen fühlte sich schon alles an mir klamm an. Die Nässe war in meine Schuhe gedrungen und hatte mein Haar in eine triefende Mütze verwandelt. Ich pirschte durch die letzte Baumreihe, wie der Letzte der Mohikaner, und kroch durch ein Stück Dornenhecke. Während ich das Haus beobachtete, versuchte ich wieder zu Atem zu kommen.

Ich stand vor dem Giebelende des Hauses und konnte Stevens' Landrover sehen, der vor dem Haus geparkt war. Der kleine Garten hinter dem Haus war verkommen. Ein paar Reihen trauriger Kohlköpfe und etwas verdorrtes Kartoffelkraut. Die Obstbäume wucherten unbeschnitten und aus früheren

Sommern lagen noch verrottende Bohnenstangen herum. Nur das Unkraut wirkte gesund. Neben und vor dem Haus scharrten ein paar Rhode Island Reds nach Futter, wahrscheinlich nach ein paar Körnern, die vom Futter für die Fasane abgefallen waren. Kein Lebenszeichen vom braunen Labrador. Vielleicht war er im Landrover eingesperrt. Zu so was war Stevens fähig.

Ich überlegte gerade, wie ich mich dem Haus am besten nähern könnte, als mein Funkgerät summte. Ich holte das Ding aus der Tasche, zog mich unter einen Baum zurück und drückte auf den Knopf.

»Kommen, Jäger eins.«

Charlie hielt sich nicht lange mit Funkcodes auf. »Wir haben ihn, Farrow«, sagte er. »Klar und deutlich. Was ist bei Ihnen los?«

»Ich bin am Haus«, antwortete ich, »ich bin mir ziemlich sicher, daß er drin ist.«

»Wunderbar«, sagte Charlie. »Schnappen Sie ihn und bringen Sie ihn her.«

»Roger. Over und aus.«

Charlie hatte mir angeboten, Jock mitzunehmen, aber ich wollte das lieber allein erledigen. Ich wollte Stevens für mich alleine haben. Ich verstaute das Funkgerät und öffnete den Mantel und die Jacke. Jetzt brauchte ich mich nicht mehr zu verstecken. Die Dornen umgehend, kam ich aus meinem Versteck und ging ungedeckt auf das Haus zu. Gerade als ich die Ecke erreicht hatte, kam von irgendwo über mir ein plötzliches, markerschütterndes Klingeln, wie von einem gigantischen Telefon. Ich war für einen Moment perplex, doch dann verstand ich. Es war wirklich die gigantische Klingel eines Telefons. Sie war hoch oben an der Mauer befestigt, um Stevens zu rufen, wenn er außerhalb des Hauses war. Er hatte vergessen, sie abzuschalten, als er zum Essen nach Hause gekommen war. So plötzlich wie der Radau begonnen hatte, brach er auch wieder ab. Drinnen hatte jemand den Hörer abgenommen. Ein guter Moment zum Zuschlagen, dachte ich. Aber das Gespräch mußte sehr kurz gewesen sein. Als ich mich gerade in Bewegung setzte, flog die Haustür heftig auf, und Stevens stürzte heraus. Er rannte wie wahnsinnig durch das Getümmel der aufgescheuchten Hühner zu seinem Landrover. Er erreichte den Landrover, griff nach der Tür, und ich schrie:

»Moment, Stevens!«

Seine Hand am Türgriff erstarrte. Er drehte sich um und starrte mich an, während ich auf ihn zuging.

»Was zum Teufel machen Sie denn hier?«

»Ich wußte, daß Sie das fragen würden. Warum so eilig, Stevens? Wollten Sie schnell zum Haus rennen? Der treue Diener, der sich eilig auf den Weg macht, dem Ruf seines Herrn zu folgen?«

»Verschwinden Sie von diesem Grundstück!«

»Nein, wohl kaum«, erwiderte ich. »Haben Sie in letzter Zeit mal wieder irgendwelche alten Männer ertränkt?«

»Faß, Gyp!« brüllte er.

Er riß die Tür des Landrover auf, und der gelbäugige Hund sprang heraus. Seine Pfoten ruderten in der Luft, bevor er festen Boden unter den Füßen hatte. Er stürzte sich mit aufgerissenem Maul auf mich. Instinktiv warf ich einen Arm hoch und grabschte mit der Rechten nach der Smith & Wesson. Stevens stürzte in den Wagen. Ich wußte sofort, nach was er suchte. Ich schwankte unter dem Gewicht des Hundes, als er mich erreichte und seine Zähne in meinen Unterarm grub. Ich schaffte es, die Pistole freizubekommen und schlug mit der schweren Trommel auf seinen Schädel ein. Er knurrte, ließ aber nicht los und dann hatte ich andere Sorgen. Stevens hatte die doppelläufige Schrotflinte aus der Halterung im Wagen gerissen. Als er die Flinte anlegte, zerrte ich den vierzig Kilo schweren Hund, der immer noch an meinem Arm hing, mit aller Kraft von den Beinen. Ich wurde fast taub von dem donnernden Krachen, als er das erste Geschoß abfeuerte. Der Hund, der mit meinem halben Ärmel im Maul durch die Luft flog, hatte etwa achtzig Prozent der Ladung abgefangen, aber der Rest der heißen Schrotkörner durchsiebte meinen Arm, während ich mich zu Boden warf und seitlich wegrollte.

Ich wälzte mich verzweifelt auf die Ellbogen und umklammerte den Griff der Pistole mit beiden Händen, den Daumen am Verschluß. Stevens war zur Seite gesprungen, bespritzt vom Blut der weggeschleuderten Hundeleiche, aber er riß die Flinte erneut hoch. Ich blickte in zwei Gewehrläufe wie Kanonenrohre. Ich schoß, schoß noch einmal. Die mächtige Magnum zuckte und schlug gegen meine Hand. Der dreifache Knall schien den ganzen Wald zu erschüttern. Ein einziges gewaltiges Donnern ließ den dritten Schuß wie ein bloßes Echo klingen.

Stevens war mit allen drei Kugeln in der Brust gegen den Rover geschleudert worden. Er war tot, bevor er zu Boden ging. Ich lag da und sah zu, wie er fiel. Er klatschte mit dem Gesicht nach vorn auf seine Schrotflinte und die blutigen Überreste seines Hundes. Sein zweites Geschoß hatte ein großes, gezacktes Loch unten in die Haustür gerissen. Ich wagte nicht mir auszumalen, wie jetzt mein Kopf aussehen könnte. Ich kam auf die Beine, steckte die Smith & Wesson in den Halfter und besah mir die Leiche. Ich hatte gehofft, daß es so ablaufen würde.

»Das war für den alten Henry«, sagte ich.

Aber während ich mich langsam auf den Weg zum Haus machte, tat mir der unschuldige Hund leid.

»Farrow, Sie sehen verdammt schlimm aus.«

»Das können Sie laut sagen, Chas«, antwortete ich. Ich hielt meinen Arm mit dem zerfetzten Ärmel hoch. »Wollen Sie mich nicht fragen, ob ich verletzt bin?«

»Wenn Sie darauf bestehen. Was ist denn kaputt?«

»Oh, nicht viel«, sagte ich. »Es war nur ein Angriff von Stevens' Hund und ein paar Schrotkörner, das ist alles.«

»Worüber regen Sie sich dann so auf?«

»Ich werde wohl einen Schuß Tetanol brauchen.«

»Apropos Schießen . . .«

»Stevens ist tot. Es ging um ihn oder mich.«

Das trug mir einen seiner ganz speziellen Blicke ein.

»Sie können glauben, was Sie wollen«, sagte ich.

»Erzählen Sie mir keinen Blödsinn. Was ist da passiert?«

»Macht es Ihnen was aus, wenn ich es später erzähle? Ich blute die ganze Decke voll.«

»Scheiß auf die Decke ... na gut. McKenzie –«

»Ja, Sir?« meldete sich McKenzie.

»Bringen Sie unseren verwundeten Helden ins Krankenhaus – und, Farrow ...«

»Was noch?« fragte ich.

»Halten Sie sich nicht auf. Ich möchte, daß Sie sofort zurückkommen, sobald Sie wieder zusammengeflickt sind.«

»Wieso? Kommen Sie denn mit unserem gemeinsamen Freund nicht alleine zurecht?«

Sobers saß zusammengesunken in einem Stuhl, ohne die frühere Arroganz des Schloßherren. Charlie sah auf ihn herab.

»Hören Sie das, Sobieski? Er glaubt, Sie könnten gefährlich werden. Er glaubt, Sie könnten aufspringen und mich angreifen.«

Sobers hob nicht einmal den Kopf und es war nicht klar, ob er Charlie überhaupt gehört hatte.

»Wo ist Lady Sobers?«

»Mrs. Sobieski.«

»Wie auch immer. Wo ist sie?« erkundigte ich mich.

»Oben in ihrem Zimmer und liest Barbara Cartland. Sie glaubt, wir spielen Scharade.«

»Es ist also alles unter Kontrolle?«

»Ja, sobald Brough und seine Leute hier sind.« Er sah auf die Uhr. »Sie sollten jetzt langsam kommen.«

»Nun, wenn das so ist«, sagte ich, »dann brauchst du uns doch nicht mehr, oder?«

»Hören Sie zu, Sie kommen gefälligst wieder hierher zurück. Sie sind mir noch eine Erklärung schuldig.«

Ich blieb an der Tür stehen und drehte mich um. »Eine Erklärung?«

»Ja«, sagte er. »Ich will genau wissen, was mit Stevens passiert ist.«

»Gehen Sie doch hin und fragen Sie ihn«, sagte ich.

Später

Was danach kam, war ein nervtötender, endloser Kampf mit Witherspoon, dem Buchhalter. Die ausgedehnte Korrespondenz verschlang ein Vermögen allein an Porto.

Seit wann die Kleider angeblich beschädigt waren und wie ich ihren Zeitwert einschätzte. Was sie gekostet haben, als sie neu waren, und ob ich die entsprechenden Rechnungen vorweisen könne. Sei der Schaden möglicherweise reparabel? Die Reinigungskosten erschienen ihm viel zu hoch. Ob ich vielleicht die Quittungen einreichen könnte? Und dieser Posten (in Anführungszeichen) »Nutzung des privaten PKW«. Da müßte ich ein Fahrtenbuch vorzeigen. Das gleiche gelte für die Telefongebühren. Und die enormen Spesen! Schließlich rief ich aus purer Verzweiflung den Big Boss an. Er hörte sich meine Leidensgeschichte an, gratulierte mir zu unserer Arbeit und sagte, er habe meine Hilfe sehr zu schätzen gewußt. Nachdem ich aufgelegt hatte, wurde mir klar, daß ich kein bißchen weitergekommen war. Ich stand wieder auf Los.

In der Zwischenzeit traf in meinem Büro ein Brief von meinem einzigen Klienten ein, der mir mitteilte, daß meine Dienste nicht mehr gebraucht würden. Seine Frau war wieder in den Schoß der Familie zurückgekehrt. Da sie aus freien Stücken zurückgekommen sei, sei unsere Vereinbarung hiermit null und nichtig.

Daraus zog ich den Schluß, daß er mich auch nicht für die bereits aufgewandte Zeit bezahlen wollte. Eine persönliche Konfrontation war erforderlich, um ihn vom Gegenteil zu überzeugen. Er war darüber erzürnt, daß ich keinen Scheck annehmen wollte, und als er mir das Geld vorzählte, sagte er, er werde mich vor Gericht bringen.

Ich sagte ihm, er solle sich bloß keinen Zwang antun.

Schwarze Serie

»James Ellroy ist der derzeit härteste und beste Mann auf dem Krimimarkt.«

LUI

Hügel der Selbstmörder (10485)
Stiller Schrecken (22057)
Blutschatten (22654)
Die Schwarze Dahlie (22834)
Blut auf dem Mond (22979)
In der Tiefe der Nacht (22980)
Browns Grabgesang (22987)
Heimlich (22988)

James Ellroy

Ullstein
Kriminalroman